はじめに

連日新型コロナのニュースが続くさなかに、この「はじめに」の文章を書いています。感染症、こわいですね。そして不安。自分が感染するかもしれない、感染させるかもしれない不安。この先どうなるのかわからない、見通しの持てない不安。

「見通しの持てない不安」と言えば、自閉症の子どもも毎日を「見通しの持てない不安」の中で過ごしているらしいです。その不安から、奇異な行動やパニックになる。

さらに、不安を感じたといえば、息子、大志の幼児期は、奇異な行動の連発で、親のこっちもなぜそんなことをするのか理解できない不安。自閉症と診断されても、じゃあどうすればいいのかわからない不安。そして、将来どうなるのか先の見通しが持てない不安……。新型コロナで、あのころのことを思い出しました。

不安だらけだとやっぱりパニックになっちゃいますよね。医療関係者への暴言とか、県外ナンバーへの過剰反応とかも自閉症の不安への反応と似ているのかも。

大志の幼児期には、いつまでこの状態が続くんだろうという、トンネルの出口の明かりが見えない状態が数年続きました。そのころは、大志が26歳になった今の状況は想像することもできませんでした。

大志はいま、青森市の親元を離れて、八戸市にある障害者のグループホームで寝泊まりし、パート社員としてはりきって仕事に通っています。そして、土日だけわが家に帰ってくる生活をしています。ひとりでバスと新幹線を乗り継いで、グループホームとわが家を毎週往復しています。仕事もやる気満々、家のお手伝いもやる気満々です。

そこまでのプロセスを地元の新聞「デーリー東北」に連載していただきまして、完結したので、自閉症児育ての最中の親御さんや特別支援学校の先生、支援者の方々にも、自閉症の子どもの成長例として参考になればと、本にすることを思い立ちました。

第1部は、大志が中学校2年生のときに書いたもので、私の関心も「自閉症ってなに？ どうやって育てたらいいの？」というテーマから「どうしたら就職できるのか」というテーマに切り替わる時期だったので、いいタイミングで書かせていただいたと思います。

そして、その10年後、大志が24歳のときに、就職の報告をしようと続編を寄稿して、掲載していただきました。これを第2部としました。

第1部と第2部では書いた時期が異なるということをご理解いただいたうえで、お読みいただければと思います。

もしも真っ暗なトンネルにいるところであれば、かすかにでも出口の明かりが見えるかもしれません。

目次

第2部　続・大志とともに　～自閉症の息子 就職までの道のり～

第1部　大志とともに　～自閉症子育て日記～

※デーリー東北連載（2007年9月1日～2008年9月13日）
息子、大志の誕生から中学2年生まで

1　はじめは仏様

中学2年生の息子、大志は自閉症という障害を持っている。

小学校への就学のとき、市の就学指導委員会から養護学校の判定を受けたが、いろいろあって、学区の小学校の普通学級に入学することになった。4年生のときに、その小学校に特殊学級を新設していただいて、転籍。中学校も、学区の中学校に特殊学級を新設していただいて、入学した。

今、生徒は大志1人、先生1人のマンツーマンの授業を受けている。大志は、楽しく学校に通っている。


自閉症というのは、ちょっとやっかいな障害で、一見しただけではわからない。見かけは普通の子と変わらない。「五体不満足」の乙武洋匡さんのように手足がないとか、車いすというのは見ただけでわかるが、自閉症は脳の機能障害なので、五体は満足なのだ。

「五体満足に生まれてくれれば、男でも女でもいい」などとよく言われるが、大志も五体満足で生まれてきた。

そして、どうにも様子がおかしくなってきたのは1歳半を過ぎたころ。「自閉傾向を伴う軽度精神遅滞」という診断がくだったのは、2歳と2か月のときだった。

ダウン症の場合は、生まれるとすぐにわかるそうだが、自閉症の場合は、1～2年は親も普通の子だと思って育ててきているので、「この子のどこに障害があるの？」と、にわかには納得できない。たいていの親は、子どもの障害を受容しようとしないところから〝自閉症を持つ子どもの親〟としての役割が始まる。


大志の場合は、赤ちゃん時代はあまり泣かなくて、おとなしい子だった。うちのママは、「大志は育てやすくていい子だねー」と何度も言っていた。ただ、いないいないばあをしても、くすぐってみても、笑うこともなかった。ちょっかいを出しても反応しないで、じーっとテレビを見ていたりした。表情があまりなかったからだと思うが、同居している母方のおばあちゃんが「この子、仏様みたいだ」と言ったことがある。

テレビを見せすぎたから自閉症になったのではない。もともと人に無関心な障害なのだ。

2　外国語を覚えた

1歳になって、立って歩けるようになると、散歩につれていくようになったが、前へ前へと進むばかりで、まわれ右して来た道を戻るのをいやがった。

ひたすら前進あるのみ。「ずいぶん前向きな子だな」と思ったわけではなかったが、やむなく回り道をして、前進で家にたどりつくコースを歩いたりした。

どんどん進んでいく大志に、「たいしー！」と名前を呼んでも振り向くこともない。水たまりや側溝の水を発見すると、石を拾ってポチャンと投げる遊びにはまる。何十分やっても飽きない。

いちばん驚いたのは、ドーベルマン犬の檻の前を通るときに、ワンワン飛び跳ねながら吠えているのに、大志はしゃがみこんでその様子を見ながらゲタゲタ笑ったときだった。それって、怖がって泣くとか、親に抱きつくとかする場面じゃないの？　こわいもの知らずって、こういうことかしら。独特の感性だなー、と。

ことばはなかなか出なかったが、「ハァイ」と返事ができるようになったので、おもしろがって「かいぶきたいしく～ん」「ハァイ」と、そればかりやっているビデオが残っている。

そのうち、ブツブツと何語だかわからない意味不明の独り言が出るようになった。私は「日本語覚える前に韓国語覚えちゃったよ」と言ったものである。

また、気に入らないことがあると、パニックになって、えびぞって床に転がった。「この子、すごいごんぼほりだの！」と、おばあちゃん。仏様の時代はあっという間だった。

1歳半を過ぎると、小児科の先生が、大志のことば数が増えないのを気にするようになった。そして、2歳になったときにこの先生が「2歳を過ぎてもことばが増えてこないから保健所なり専門機関に相談に行った方がいいよ」とアドバイスをくださった。ことばの遅れだけでなく、「視線が合わないし、落ちつきがなさすぎる」。

この医者のアドバイスが、自閉症を持つ大志とともに歩むわが家の歴史の始まりだった。

3　Y園のスカウト

小児科医から、ことば数が増えないことを指摘されたものの、私もママも「そのうちしゃべるようになるだろう」と、わりとのんきにかまえていた。

ママが大志を連れて保健センターに相談に行くと、〝あそびのひろば〟という行事への参加を勧められた。Y園という児童施設主催の、ことば数の増えない子どもやうまく遊べない子どもが集まる行事であった。休みの日だったので、私もいっしょに出かけた。

場所は市の福祉センターで、子どもたちがたくさん集まっていた。大志は自分のお気に入りのおもちゃを見つけて遊び始める。子どもたちに集合がかかっても、大志はひとりでおもちゃで遊んでいる。大志に指示に従うように促すと、大声を出していやがる。指導員の方が「無理に集まらなくてもいいんですよ」と言ってくれたが、ほんとにそれでいいのだろうか……。

このころすでに大志は、自閉症を持つ子どもがよくやる〝並べる遊び〟も始めていた。ミニカーがたくさんあるのを見つけると、ひたすら並べた。他の子が1コ取ろうとすると、大志はすかさず取り返した。「大志くん、貸してあげなよ」と言ったって、通じない。

そういう息子の様子を見ていたY園の職員の方から「お父さんお母さん、ちょっとお話が」と、別室へ連れて行かれた。そして、「ちょっとお子さんの様子が他の子と違うようだから、うちの施設に通わせてみたら？」というような趣旨の話を聞かされたのだった。

「他の子と違う……」

多少のショックはあったが、「やっぱり」という思いもあった。でも、「じゃあ、いったい何？」

「障害」とか「自閉症」ということばはまだ聞かされておらず、何をどう考えていいのかわからない。

「おたくのお子さんには障害がありますよ」と突然言ったら、普通の親は怒ったり落ち込んだりするから、告知については、専門家も慎重になる。

子どもの集まりに参加させて様子を見ながら誘いをかけるのは上手なやり方だと思う。今にして思えば、どうやらその網にかかったものらしい。

のちに、ママはこのときY園のS先生に〝スカウトされた〟と言った。

4　Y園入園

子どもを施設に通わせるなんて考えたこともなかったし、そのときは、その施設に通わせることが、自分から息子の異常を認めることになるような気がして、抵抗感もあったことは間違いない。

もう少し待てばことばが出てきて、「パパ、ママ」って言えるようになるんじゃないの？……悩んだあげく、「施設に通わせても通わせなくてもことばは出るような気がする。でも、もし施設に通わせないでことばが出なかったらきっと後悔するだろう」と整理をつけて、通わせることにした。

ママの方はこのとき、「通園すればことばが出る」と単純に考えていたそうだ。

Y園に通わせるには、児童相談所で検査を受ける必要があるということで、ママが大志を連れて児相に行った。そのときの検査で初めて診断を受けたのが、「自閉傾向を伴う軽度精神遅滞」。

ジヘイケイコウ？　なにそれ？

頭の中で焦点が結ばれない。

はっきりと「自閉症」という診断でもなかったので、余計とまどった。この件については、「自閉症のことをよくわかってない医者は自信がないから〝自閉傾向〟という言い方をするんだ」という人がいたり、「大志くんは、自閉症じゃなく自閉傾向でしょ」という人がいたりしたが、その後調べたところでは、自閉傾向も自閉症に違いない。「富士山はてっぺんだけを富士山というのではなく、八合目もやっぱり富士山」という説明をした専門家がいるが、これは自閉症スペクトラムという考え方で、自閉症の度合いに濃い薄いがあってもみんな自閉症なのだそうだ。

5 返事してくれよー

ともかく、こうして、Y園への通園が決まった。

Y園は、青森市郊外にある母子通園施設。元々は難聴幼児施設だそうだが、当時通っていたのは知的障害児が多かったように思う。

母子通園施設なので、ママが毎日大志といっしょに車で通うことになった。

Y園に通園し始めたからといって、すぐに効果が出るわけはない。大志は、相変わらず視線は合わず、Y園でも集団活動についていけなかったし、朝の会で名前を呼ばれても返事さえできなかった。

名前を呼んでも返事ができない子のときは、指導員の方が左手を開いて子どもの目の前に伸ばしながら「はい」と返事を促す。そうすると、「はい」と返事をしながら手を合わせる子もいれば、右手を合わせるだけの子もいた。でも、大志はそれにも反応しなかった。

ちなみに、これに反応できたのは、4歳4か月のとき。やり方がまた少し変わって、〝かわいいあの娘はだれのもの〟のメロディーで「♪あ～なたのおなま・え・は？」と3回くり返したところで、「〇〇です」と言わせ、「♪あら、すてきなお名前ねー」と展開するもの。「はい」ではなく、自分の名前を言ったのだった。

「ハァイ」と返事ができた話は前に書いたが、実を言うと、最近ビデオを整理していて、1歳前後の頃、「かいぶきたいしく～ん」と名前を呼ぶと「ハァイ」と反応する大志の姿が残っているのを発見したので、わかった。既に私の記憶からも消えていた。その頃の映像は、家の中でも外でも、返事遊びばっかり。何をしても反応しなかった大志が、反応するようになった、つまりやっと共通語ができたので、私もママも面白がってそればかりやっていたらしい。

大志の姉（2つ上）の幼稚園入園式のときのこと。入園児の名前を呼ぶ場面があった。「〇

○くーん」「はーい」、「○○ちゃーん」「はーい」……。すると、ママに抱っこされていた大志がいちいち「はーい」、「はーい」と反応し始めた。この場面って、けっこうリズム感のある場面だから、ノリやすいのかもしれない。しかも、同じパターンのくり返し。にしても、人の名前に返事するとはノリのいい子だなーと思ったものだった。

それがどこへ消えてしまったんだろう？

自閉症の子は、1歳を過ぎると何語か覚えたりするが、1歳半を過ぎると、忘れたように言わなくなるそうだ。そして、嵐の中に突入していく……。

6　初めてのことばは？

就学指導を受けたり、愛護手帳を更新するための検査を受けたりすると、「初めて言ったことばは何ですか？」と聞かれる。しかし、いつもはっきりした答えができない。

返事するようになったのは、わりに早かったと思うが、それもいつの間にかできなくなっていた。ブツブツひとりで言っているのは、意味不明のことば（単なる声？）。「日本語を覚える前に韓国語を覚えちゃったよ」という話は一度書いたが、宇宙語と言っている親もいるらしい。

あるとき、「おーとーさーん」と言いながら私に向かって走ってきた⁉　と思ったことがある。しかし、抱きとめようと両手を前に出した私の横をすーっと走り抜けていった……。

あれはなんだったのだろう？


私の記録で最初に出てくることばは「たすけて」。例えば、公園に連れて行くと、いちばんはまるのは水ポチャだが、すべり台、砂場、ブランコなど、延々と遊んでいる。「そろそろおうちに帰ろう」と言っても、通じない。「おとうさん、先に帰るよ」と、帰るそぶりをしてもおかまいなし。一度、ほんとうに帰ったふりをして、隠れて様子を見ていたことがあるが、１時間経っても気づいてもらえず、根負けして顔を出してしまった。

そして、「もう帰る時間だよ」と、だっこして強引に連れて帰ろうとすると「たすけてー、たすけてー」と、身をよじらせながら叫ぶ。

コンビニに行ったときなどもそう。ゲームソフトのＰＲ画面などにはまって、帰ろうとしない。強制収容しようとすると「たすけてー！」。人さらいと間違われないかと冷や冷やしたものだった。


３歳になると、外出のことを「おそと」、手をひっぱりながら「いこう」、ごはんを食べて「おいしい」などのことばが出た記録があるが、それらが継続的に使われたような記憶がない。

私とママは、今日は、このことばが言えた、へーすごいすごい、と喜んでいた。ほとんどはまだまだ宇宙語だったが。

7　視線が合った！

日本語がぽろっぽろっと出てくるようになったころ、視線を合わせてくれたというのが記録にあった。

「ものを投げたので叱ったら、視線が合った」とある。「こら！」と言ったら、こっちを見たんだと思う。

そういう反応があったときは、とてもうれしい。

Y園主催の親の勉強会で、国立特殊教育研究所（当時）の先生から「子どもがどんなことをしたときにうれしいですか」と質問され、他のお母さん方が「いうことをきいてくれたとき」などと答える中、私は「ちょっかい出して反応があったとき」と答えて、失笑をかってしまった。

でも、子どもにちょっかいを出したら、やっぱり反応してほしい。

勉強会のあと、その先生がたまたま廊下で大志を見てくれたが、そのとき「この子は視線が合うからだいじょうぶだ」とおっしゃった。

何がだいじょうぶなのかよくわかっていなかったが、その頃は私もママも大志の評価に一喜

一憂していた。(今もですね)

一方で自閉症らしい行動や困ったことも続いていた。

頭を床にぶつける自傷行動、かんしゃく、好きなことには過度に集中、こだわり、家からの脱走、並べる遊び、夜中に起きて遊ぶ睡眠障害等々。

ミニカーを並べて遊んだことは既に書いたが、家では、調味料のびんを並べたり、M銀行のくじらのちらしを気に入って部屋中に並べたり。

大志が気に入っているので、銀行でそのちらしを30枚くらいもらってきたら、おじいちゃんやママももらってきていて、家の床がくじらだらけになった。

ビールびんを箱から出してきてテーブルの上におき、全部ラベルを自分の方に向けて20本並べ、箱が空になったのを確かめると、いすに座って、並べたビールびんを眺めてニマーッとした。

買い物に行っても、缶詰やジュースなど、ラベルが正面を向くように全部直したりした。作業が終わったところで、他のお客さんが１コ持っていったら、すかさず追いかけていき、その方の買い物かごから取り返したことがある。ひら謝り。

8　脱走癖

わが家は1階にママの父母、2階にわが家親子4人が住む二世帯住宅である。大志にとっては1階だろうが2階だろうが家のどこでも遊び場なので、こっちは1階にいなければ2階にいるだろうと思い、2階にいなければ1階にいるだろうと思ってしまう。しばらく大志の声や音がしないと、どっちからともなく「大志いだが」と声をかけ、玄関にくつがない、ということになった。手分けして、大志を捜しに行くことがたびたびだった。

ただ、たいていは、近所の公園にいた。水が止められた噴水の一番下の水たまりで水ポチャをやっていたので、すぐ見つかった。そこにいなくても、昼に散歩したときにあの場所が心残りだったようだ、などと見当がついた。

一度だけ警察の保護になりそうになったことがある。夜8時頃にママが1階にいるはずの大志を寝かせるために迎えに行ったらいない。「大志が脱走した！」。すぐに水ポチャの場所に行ったがいない。あたりは暗い。公園からさらに先のスーパーの前にまわったら、薄暗い中、道ばたで赤いランプが回っていた。もしやと、急ぎ足で近づくと、人が数人集まっている中で、大志をだっこしたお巡りさんが、まさに今パトカーに乗せようとしていたところだった。

警察に連絡した親子連れの話では、大志が車道の真ん中を歩いているところを見かけて、危ないと思って保護したとのことだった。昼にママが大志と散歩したときに、センターラインの上を歩きたがったがやめさせたという。私も、大志がセンターラインを歩きたがったときに、力づくでとめたことがあった。とめられた大志はパニックを起こして、歩道の上に寝転がった。

その日の大志は、センターラインの上を歩くために脱走したのだった。近所ではそれほど車が多くはないとはいえ、冷や汗ものだった。

あとで聞いた話では、そのときのお巡りさんも自閉症を持つ子どものお父さんだったらしい。親が必死で捜しているだろうとわざと赤ランプを点灯していたそうだ。

ちなみに、子どもの目線では〝脱走〟ではなく〝冒険〟だそうです。

9　ビデオの見過ぎ？

大志の成長を語るのに、ビデオとパソコンは欠かせない。

上の子がまだ2歳になる前にビデオを見始めた（私が買ってきたんです）ので、大志が生まれたときには、ミッキーマウスなどのビデオが数本あり、上の子がしょっちゅう見ていた。当然ながら、大志もそれを見た。

しかも、誰がちょっかいだしてもほとんど反応しないで、テレビの方をじっと見ている。つまり、大志は生まれながらにビデオづけだったと言える。

そのビデオの本数はレンタルのダビングを含めて、毎年々々、つい最近まで増え続けた。（中学生になってからはテレビゲームにはまっているので、別のものが増えている）

上の子も見たがるし、ビデオを見せておけば多動の大志も比較的おとなしいし、それにビデオを媒介に遊べるようになったり、覚えたことばも少なくない。

トムとジェリーを見ていて、急にいなくなったと思ったら、傘やバナナなど、画面に出ていたものを持ってきたり、あるいは場面をマネして握手しようとしたり。

また、トイストーリーの空を飛ぶシーンに合わせて、抱っこして空を飛ぶマネをさせたら、気に入って、巻き戻しして何度もせがんだりした。

私もママも帰りが遅くなったとき、落ち着かない大志をなだめるためにおばあちゃんがおんぶしてバス停まで行ったことがある。雨だったので傘をさして。すると大志が、「メイ、バス遅いねぇ」ととなりのトトロのセリフを言ったそうだ。場面の再現だ。

また、キャラクターの名前をたくさん覚えて興味もあるので、合言葉遊びができるようになった。「ミッキー」に大志が「マウス」、「美女と」「野獣」というように。

はまりすぎだと思ったママが、ビデオコレクションを全部隠したことがある。しかし、数日後には自分で見つけてきてしっかり見ていた。結果的にビデオへのこだわりを強化することになった。

昔はテレビを見せ過ぎると自閉症になるという説もあったらしいが、こと大志の場合はプラスになったと思っている。

10　パソコンで学習

わが家にパソコンが来たのは、大志が２歳のとき。まだウィンドウズ95の時代である。

このとき買ったパソコンに「プーさんとはちみつ」というソフトがおまけでついてきた。絵本をめくるような感覚で、画面が進む構成なのだが、プーさんをクリックすると、セリフを言ったり動いたり、花をクリックするとみつばちが出てきたり、というようなしかけがあちこちにある。これは子どもは喜ぶよなー、と思っていると案の定、上の子がはまった。そして、それを大志が横で見ていて使い方を覚えたらしく、自分でもそれで遊べるようになった。

これは使えるかも！

私は次々と大志が興味を持ちそうなパソコンソフトを買ってきた。次にはまったソフトが

「プーさんのはじめてのＡＢＣ」で、ゲタゲタ笑いながら遊んでいるうちにＡＢＣの歌を歌えるようになっていた。そして文字も、ひらがなより先にＡＢＣを覚えてしまった。

買ってきたソフトは、1回だけちょっといじってやめてしまったものもたくさんあるが、数カ月あるいは数年経ってから自分で引っぱり出してきて遊んでいた。成長段階が合わないと興味を示さないということだ。

パソコンで大ヒットだったのは「ことば図鑑」。これは5歳のときのことだが、「こういう子どもたちは名詞はたくさん覚えるけど、動詞はなかなか覚えない」とおっしゃる方がいたので、この「ことば図鑑うごきのことば」を見つけて買ったら、1か月くらいで、たちまち収録されたことばを覚え、「すわる」と言いながらすわるようになった。

しかし、パソコンをいじらせていると、デスクトップ画面がメチャクチャになっていることはしょっちゅう、原因不明の故障で修理に出すこともしばしばだった。ちゃんと使い方を教えられればいいのだが、当時の大志には教えたいことは入らなかったのである。教えることは入らないが興味を持てば自分で覚えるのだから、パソコンはうってつけだ。

パソコンは、今でも大志にとっていろんな知識を吸収するための道具になっているので、修理代がかかっても禁止を考えたことはない。

11　F幼稚園

当時はY園通園が1年以上経っても、それほど変化がないような気がしていた。今記録を見返すと、ろうそくの火を吹き消せるようになったとか、出かけるとき「おそと」と言ったとか、「靴を脱いで」と言われなくても自分で脱ぐようになったとか、けっこう成長があったように思われるが、いつになったらこの子はコミュニケーションとしてのことばを使えるようになるの？　というように考えていたと思う。

ママが、Y園の先輩お母さんから「幼稚園に入れるんなら、1年より2年保育の方がいいわよ」という話を聞いてきて、「来年幼稚園に入れてみたい」と言いだした。

しかし、受け入れてくれる幼稚園があるのか？　でも、何もしないであきらめたら、あとで後悔するかもしれない。

実際のところ、今のままでいいのか？　この子が小さいうちに他にやれることはないのか？　という思いはあったので、幼稚園への４歳児入園を考えることに。

F幼稚園が障害児の受け入れに伝統があるということがわかり、相談してみたところ、園長先生は「入園前でも試し入園してみましょう、ちょくちょく遊びにいらっしゃい」と言ってくださった。

それで月に何度か、ママが大志を連れて行くことになった。

私も一度一緒に行ってみたときのこと。大志が教室のうしろの棚に飾ってあるものにさわったら、「いたずらしちゃだめだよ！」と子ども数人に囲まれた。すると、すかさず両手を広げて彼らと大志の間に割って入り、「そんなふうに言っちゃだめだ！」とかばってくれる子が現れた。まだ、3歳か4歳の子だ。そうか、これが障害児が教室に一緒にいるということなんだ！　とても感動したことを覚えている。

そして、翌年の4月に幼稚園に入園した。

幼稚園はバスの送迎があったので、軌道にのれば、ママはバス停までの送迎だけすればよい。Y園もやめたわけではなく、週2回の個別指導を午後に受けることにして、その日は、ママが車で大志を幼稚園に迎えに行って、Y園に連れて行くことになった。

12　ガラスを割った

幼稚園に通うのに、母子分離が最初のハードルとなった。

それまでY園は母子通園なので、母親から離れてひとりになったことがない。そして、普段の移動はほとんど車で、バスも乗ったことがない。

ということで、最初は、ママがバス往復と幼稚園で一日大志と行動を共にする。次に、一緒に幼稚園バスに乗って通園し、ママだけ路線バスで帰る。慣れてきたら、大志だけバスに乗せる、という段階を踏むことが幼稚園との相談で決まった。

入園して10日目が第２段階の開始予定日だった。この日に事件が発生した。

ママは、今日から中に入らない、ということで、幼稚園の玄関の外でストップ。すると、一緒に入ってこないのに気づいた大志がかんしゃくを起こし、玄関の扉に頭突きしてガラスを割ってしまったのだ。

謝りに行き弁償したが、大志にケガがなかったこともさることながら、ママがいないことでかんしゃくを起こした、というのはある意味うれしいことでもあった。自閉症を持つ子は、母親を含めて人に対する関心が薄いのだ。ほんとうにママにいてほしいという気持ちが出たのなら、大きな成長と言える。しかし、いるはずの人がいないというかんしゃくだったとすれば、自閉症のこだわりの特性である。どっちだったのか、今では定かでない。

今にして思えば、大志にママの動きが伝わっていなかったことがガラスを割ることになった原因かもしれない。

第３段階はさらに５日後。過去に同じように母親から離れてバスに乗った子がパニックになったことがあったそうで、園長先生がかなり心配していらっしゃった。

実行の日。大志だけ幼稚園バスに乗ると、ママと私はアクシデントに備え、車で幼稚園バスを追走。

走り出してまもなく、園長先生がバスの後ろの窓から両手で大きな丸を作って合図してくださった。どうやらいつものように座って、何事もないようだ。

その後も異変はなく、幼稚園にたどりつき、翌日からはひとりで通園することができた。

13　火を消したがる

幼稚園では、大志専属の先生をひとりつけてくださったので、心配することなく預けることができた。幼稚園の活動への参加を援助してもらえるし、活動に大志がついていけずに脱走しても行方不明になることはない。

ただ、１つだけ早々と教室から追い出されたものがあった。朝のお祈りである。

カトリック系の幼稚園だったので、朝のお祈りの時間というのがあって、ろうそくに火をつけて行う。

ろうそくに火をつけると、大志がすすすっと近づき、火を吹き消してしまうのだ。

Ｙ園で吹き消す練習をし、家での誕生日のケーキのろうそくを吹き消すのを覚えたせいで、大志にとって、火は吹き消すものらしい。

お祈りの時間だけは別室か廊下で過ごすことになった。

火を吹き消すと言えば、３歳７か月のときにこんなこともあった。お墓まいりに行ったとき、火をたこうとしている人（全く知らない人）のところに走っていき、しゃがんでいるその人の後ろから肩に手をかけ、のぞきこむようにして、フーッ、フーッと消そうとしたのだ。ひら謝りで引っぱってきた。

後で笑える、そういうかわいいいたずらをさまざまやってくれるので、危険や迷惑になることをやらなければいいがという心配があったが、次は何をやらかしてくれるだろうかと期待する気持ちも半分あったような気がする。

ちなみに、キリスト教の礼拝はダメでしたが、お墓では、「ナマンダー、ナマンダー」と言って両手を合わせておがむのは就学前にやっていた。

フーッと息を吹くことができなかったのができるようになった、そうすると、人がつけようとしている火を消そうとしたり、礼拝のろうそくの火を消そうとしたり、という行動が出てきた。

大志にして見れば、「大志くん、火を消せたねー、すごいね」とほめられながら覚えたことなのだ。それなのに、今度は、それをやってはいけないよ、と止められる。理不尽な話だ。場面の使い分けも教える必要があるが、それがまた難しい。

14　K塾

幼稚園に入ってまもなく、ママが「K塾にも通わせてみたい」。K塾でも障害児の力を伸ばした例があるらしい。可能性があるならと、私も同意。

知的障害を持つ子どもも通っている教室を紹介され、行ってみると先生も熱心な方だ。夏休みから幼児コースに参加することになった。

K塾では、カードフラッシュや足し算・九九の歌のテープなど様々な教材を使った。家でも先生と相談してママが教材を手作りしたものもある。また、毎日5枚プリントの宿題も出された。そのほか、数百冊の絵本のリストがあり、子どもの成長段階に合う絵本の読み聞かせの勧めもあった。

読み聞かせは、わが家では主に私の担当で、K塾に通う前からやっていた。はじめは無関心だった大志も、継続するうちに気に入ったページを自分でめくり、楽しめるようになった。

しかし、基本的に家でプリントをやるのを大志はいやがった。線を引くだけのプリントでさえ、なかなかやろうとしない。先生から「毎日継続しているうちに自分からやるようになる」とはげまされ、ママもがんばった。「これをやったらマクドナルドに行くよ」と言うとたちまちやってしまうこともあったが、大志の抵抗があまりにも強く長く、その後4年ぐらい継続したものの、ママがイライラしてついに手を上げたくなったため、継続を断念した。

挫折したもののふり返ってみると成果はあった。小学校入学前には、数唱も200を超えた。童話や昔話のCDを気に入って、くり返し聞いて暗唱するようになり、小学校入学時には他の子と同じくらい音読できるようになっていた。また、多動だったのがある程度は席についていられるようになったのもK塾の効果だったかもしれない。

大志は、興味があることは、教えなくても自分で覚えるが、興味がなければいくら教え込もうとしても入らない。

教え込もう、やらせようとすると、大志はいやがって時にパニック、ママもいら立つ。教育指導と自主性のぶつかり合いだ。

パソコンなどで遊びながら覚えられることは、それでいいんじゃないかと考えるようになった。

15　叱らずゆずらず

「叱らずゆずらず」ということばを、パソコン通信で知った。自閉症児育ての方針になると思って気に入っている。

自閉症児を感情的に叱っても、パニックを誘発するだけである。それよりも、ルールを理解させることが必要なので、決めたルールをゆずらない。パニックを起こすとついつい好きなものを与えて機嫌をとりたくなるが、これでは、好きなものがほしいときや好きなことをしたいときにパニックを起こすように誘導することになってしまう。また、同じことをしてもときにルールを甘くしたり、ときに叱りつけたりするのは混乱させるだけだろう。と、口では言っても実行するのはとても難しい。私もその通りやっているかと言われると自信はないが、心掛けたい。

大志が家から脱走したときや、1か月の間にパソコンのマウスを続けざまに4個こわしたときなど、幼稚園からの連絡帳で「ちゃんと叱りなさい」という旨のアドバイスをいただいたが、私は「何を叱られているのかわからないのに叱ることは親の顔色をうかがうことになるだけではないか」というような返事を書いた。

子どもがやったことが気に入らないと怒りたくなるが、それはほんとうに許されない行為なのかどうか。ジュースをこぼしたのなら、ぞうきんをわたしてふかせればいいし、ころんでケガしたら、カットバンを貼らせればいい。自分で後始末することを覚えるチャンスになる（と、誰かが本に書いていた）。

ただ、道路のセンターラインを歩くような危険を伴うことは許すわけにはいかない。大志がパニクって寝転がろうが泣きわめこうが、これは体で止めた。

これに「そんな危ないことはダメ！」と追い打ちをかけてもますますパニックになるだけだから「叱らず」。でも、危険を伴うことや人に迷惑をかける行為は「ゆずらず」。

でも、「お父さんが叱らないから、あたしが叱らなきゃいけないことになるのよねー」と、某うちのママはのたまわる。そういうこともあるか？

16 就学に向かって

普通の子は、だまっていても地域の小学校に入れる。しかし、障害を持つ子はそう簡単にいかない。普通学級、特殊学級、養護学校の中から入学先を選ぶ必要があり、市の就学指導を受けながら決めることになる。

うちの場合、地域の小学校には特殊学級がなかったので、特殊学級を選ぶ場合は、車かバスで通うところになる。養護学校は歩いても行けるくらいの距離。という中での選択となった。

大志にとって、どこがいいのか。大志が安心して通える学校はどこか。

幼稚園での相談会や教育センター、養護学校などあちこちに相談したが、「この子はこうだからここがいい」とズバリ言ってくれる人はいなかったので、毎日悩み続けることとなった。

今の大志の状態ではやはり養護学校か。でも、少しずつでも成長を見せる大志があと1年でもっと伸びる可能性もないわけではない。1年で集団についていけるようになるとか、話ができるようになるとかいうことはほとんど考えられないが、逆転ホームランを期待する気持ちもあったので余計迷った。

養護学校や特殊学級の見学にも行った。特殊学級は私は1校しか行ってないが、ママは他のお母さんたちと市内の数校を見学した。

就学指導委員会の答申は「養護学校」。あ、やっぱり。検査するとき泣き叫んで、大志本人の検査ができなかったのだ。

答申に対し、「承認」「不承認」「その他」の回答をしなければならない。

普通学級から特殊学級、養護学校への転校の例はけっこうあるらしいが、その逆の例はほとんどないらしい。それもあって、養護学校へ入れたら、障害者としての人生が決まってしまうようなそんな気がした。しかし、集団についていけない大志が普通学級にいても、つらいだけだよなー。とすれば、とりあえず特殊学級に入れて様子を見るのも手か？　様子を見るなら普通学級もありか？

数日考えて、回答は「その他」ということでとりあえず保留にした。そのときまだ8月。最終的な決定をするまでは、まだ数か月あるはず。

17 特殊学級を希望

市教委と一度話し合いがあったが、就学先は決められず、「連絡するのでもう一度話し合いましょう」ということで、悩む日々が続いた。

そのうちに、H小の特殊学級を見学してきたママが、普通学級とうまく交流しながらやっているようだからここにしたい、と言った。

市教委からなかなか連絡が来ないので、とりあえず手紙で意思表示することにした。

内容は次のとおり。

◇貝吹大志の就学先として、H小学校の特殊学級を希望する。

理由として、まず生まれてからの大志の様子、問題行動がたくさんあるが、できることも増えてきて成長していること。

そして、Y園ではできなかったが、幼稚園で音楽に合わせて他の子供たちと一緒に体操できたこと。

障害のある子供たちだけだと許される雰囲気があるせいか大志もできないが、健常の子供たちだと一斉にそろってやるので、大志にも何をしたらいいのかわかりやすいのではないかと思ったのだ。大志はけっこうマネをする力を持っていた。しかも、それは就学指導検査のあとのことだった（つまり、検査のあとも成長しているという意味）。

さらに、将来一般社会に出たときには健常者に囲まれているのが当たり前のはずなので、健常児との交流があった方がいいこと。

ただし、1クラス40人に先生1人の普通学級では受け入れが難しいだろうということで、H小の特殊学級を希望するということを書いた。

こうして、ひと息つき、その後しばらくは、市教委の反応を待っていた。

そこに、就学時健診のはがきが届いた。

就学指導を受けている場合は、はがきが届いても就学時健診に行かなくてもいいことになっているので、「これは関係ないね」とゴミ箱にポイ。……だが、待てよ。

せっかくの招待状だから、ひやかしで行ってみようか。

ということで、上の子も通っている地域の小学校の就学時健診に行ってみることにした。

18　就学時健診

「ご父兄の方は、この部屋でお待ちください」とのことで、子供たちだけが6年生の引率で、控え室から5人ずつ並んで教室を出て行った。大志の番がきたが、ひとりでは行かせられないので、私は列についていった。

健診では、歯科、内科、視力、問診の4つの教室を回る。

6年生の女の子が「ついてきてね」と歩き出したが、大志はきょろきょろしたり違う方向へ進んだりで、最初は列についていけなかったので、私が促した。内科を過ぎたあたりからわかってきたようで、多少遅れてもついていくようになった。大志が教室に入ったときは、私は廊下から様子を見ていた。

歯科では、「あ～ん」と言われても大志はすぐには口をあけなかった。それをきっかけに、先生が待っている子どもたちに口をあける練習をさせていた。

内科では、上半身はだかになったが、上級生が服を脱がせたり着せたりして、大志が抵抗しなかったので、普通の子とかわらなかった。

おもしろかったのは視力。先生が、「線の切れている方を指さすんだよ」と練習させても大志だけやろうとしない。大志は後回しになった。

4人が終わって「さて、問題の子だな」と言いながら名前を呼んだら、そっぽを向いて座っていた大志が立って先生の方へ歩いた。しかし、ついに指さしはできなかった。

そして問診。「お名前は?」と聞かれても応えない。再度「お名前は?」と聞かれると「クモル」。「お名前言えないの?」に「プリントアウトスル」。横にいた6年生が「こいつ馬鹿だ」と笑う。

さらに大志は「ウィンドウズの場合はコントロールキューを、マッキントッシュの場合はコマンドボタンを……」とパソコンソフト〝ことば図鑑〟の操作説明のセリフを呪文のように言い始め、えんえんと続けた。すると、さっきの6年生が「すんげぇ!」と驚いた。

先生が廊下に出てきて「この子はこういう状態ですか」とメモを見せた。「まだ会話もできない状態である」旨書いてあった。

「自閉傾向があると言われてます」と答えると、「第二問診を受けていただいていいですか」。覚悟してきましたから。

19　普通学級へ

就学時健診が終わり、他の母子が帰り道につく中、わが家３人は別室へ。

第二問診では、実は就学指導で養護判定を受けたが、特殊学級を希望しているところであることをありのままにお話しした。

そして、「そうですね、本校で受け入れするよりは、その方がお子さんのためにいいですよね」とかなんとか言われるシナリオだったのだが……。

その時歴史が動いた！

なんと第二問診の先生は、「いきさつはともかく地域の小学校に入れましょうよ」とおっしゃった。「私の一存で決めるものではないので、校長とも相談しますが」。

その先生は、〝障害がある子も地域の小学校に〟という信念をお持ちで、過去に自分のクラスに預かったこともあったそうだ。

ここで、わが家は一気に普通学級へ向かう。

しかし、特殊学級の希望を出したので、これを取り消す必要がある。学校側が受け入れると言っても、親が別のところを希望していたのでは、意味がない。

その後校長先生にお会いしても受け入れに協力的だった（ように思えた）ので、市教委に

「普通学級を希望します」と連絡。

しかし、すんなり決まるわけがなく、それからまた、市教委や学校とのやりとりの長いみちのりがあった。

ただ、わが家としても、大志をひとりで40人学級に放り込むわけにいかないことは、最初からわかっている。そこで、ママが付き添いを志願した。

実は、パソコンのフォーラムに、子どもに付き添って小学校に通っているお母さんが何人かいるのを知っていたので、わが家ではそういう選択肢もあり得た。

もっとも、ママも今では「あんな無謀なことは、今ならやろうと思わない」と言っている。

そして、最終的に決まったのは、3月4日。市教委から電話があり、「まだ考えが変わらないようでしたら、希望どおり決定します」。ただし、来年以降も就学指導を受けることが条件となった。

就学を決めるための1年はほんとうに長かった。

20 卒園式

大志の卒園式は2回あった。Y園と幼稚園である。

どちらの卒園式でも、名前を呼ばれて返事をする場面があり、Y園入園の頃返事ができなかったことを思えば、大志が返事をできただけでも感動の卒園式になるはずだったが、そんなテレビドラマのような展開はなかった。

Y園の卒園式は、母親と一緒に壇に上がって座っているだけだったが、大志も他の子も退屈なのでぐにゃぐにゃしていた。もともとじっとしているのが苦手な子どもたちなのだ。それでも、順番が前の子は「ハイッ」と大きな返事をして拍手をもらったのに、大志はしらんふりで座っていたので、周りが拍手をするタイミングがつかめないような感じだった。

幼稚園の方は、教会の礼拝堂で行われた。何度か練習して、本番間近で大志も「ハイッ！」と返事ができるようになったそうだ。それ以外は〝騒ぐというより、タコになっています。騒がないのなら、あきていてもその場にいさせようかと思っています〟（連絡帳）という状態だったらしい。

本番でも、少しでも飽きないようにディズニーのチラシを持たせていたが、ぐにゃぐにゃしてやっぱりタコのような状態だった。卒園証書をもらう場面では、ひとりずつ名前を呼ばれて返事をして立ち、横一列５人単位で、前に出て行くのに、５人のまん中の大志は名前を呼ばれても返事をせず、立ちもしなかった。残念。５人目が立ったところで、もう一度、さらにもう一度名前を呼んでくださったが、だめだった。それでも、列が動きだしたので、立ってついていった。

証書をもらう場面で園長先生がなにやら大志に話しかけた。もう一度名前を呼んでみたらしい。

大志は、なぜか振り向きながら「大志ちゃん、はい」と言った。自分の名前をオウム返ししながら、一連のパターンで「はい」と言ったようだ。

そんな感じで式が終わり、大志を連れて先生方にあいさつをしながら、最後の幼稚園をあとにした。

卒園式が終わって一段落ではあるが、次は入学式。

入学式!? 返事さえできないのに? ……考えただけで緊張してしまう。

21 S子ちゃんからの手紙

幼稚園の卒園式の翌日、クラスのお友だちから手紙が届いた。差出人はS子ちゃん。なぜか大志は、この子の指示なら従って行動できるようになっていた。お母さんの手紙も入っていた。多少省略するが紹介したい。

《たいしくん どうもありがとう おもしろかったね/ わたしのことわすれないでね/

たいしくんのことわすれません／　げんきでね／　ずっとずっと　おともだちよ／　またあおうね　またおてがみかきます／　じゃあね／　たいし　ばいばい／　S子より》

（大志とS子ちゃんの絵が描かれ、お気に入りと思われるシールもたくさん貼ってあった）

お母さんが書いた手紙には次のようなことが書いてあった。

大志が「S子ちゃん、ありがとう」と言ってくれたと、S子ちゃんがとても喜び、急に大志に手紙を書きたいと言って、一生懸命書いたこと。S子ちゃんが、毎日大志の様子をお母さんに話していたこと。以下はそのまま。

《S子の中では、大志君は特別な人ではなく、本当にいいお友だちだったと思います。　お世話しているのではなく、本当にいいお友だちだったのだと思います。／　大志君は、みんなに幸せをくれる子です。／　手紙を書きながら、S子は、「大志君に会えてよかった。F幼稚園に入ってよかった」といっていました。大志君に会えた娘は本当に幸せです。そういう娘を見れた私も幸せです。／　大志君のお父さん、お母さんは、もっともっと幸せです。／　小学校に行っても、きっとみんなに愛される子だと思います。／　だから、お母さんもがんばって下さい。／　３／17　S子の母より》

この手紙はわが家の宝物になった。

幼稚園の卒園アルバムをめくると、一人ひとりのプロフィールに「おともだち」という欄があり、「S子ちゃん」と書いている子が何人もいた。

大志とつき合える子は、人を受け入れる幅が広く、どんな子でもつき合えるということに違いない。

22　共に育つ

話はちょっと戻るが、就学に悩んでいる最中の9月に、幼稚園の連絡帳に、先生がこんなことを書いてきた。

《鉄棒のまえまわりが1人でできて、がんばり表に1つシールがふえました。「大志くんができた！」ということが周りの子の励みになり、負けちゃいられないと、次々2～3人の子ができて、鉄棒の周りは拍手だらけでした。》

できないと思っていた大志ができたら、周りの子どもたちもがんばった、という話だ。これは〝共に生きる〟というか、共に育つ〝共育〟だと思う。大志が一緒にいることが、他の子どもたちにとっても成長のエネルギーになるということだ。

連絡帳のその数日前のママの文章で、私は養護学校支持に傾き、ママは特殊学級支持で、意見がわかれていたことが書いてあった。

当時、私が養護学校に傾いていたのは、幼稚園の先生方と一緒に、就学先のことで養護学校に相談に行ったとき、「コミュニケーションがとれるようになるためには、まず人とコミュニケーションをとりたいという気持ちを育てる必要がある」と、そのときの養護学校の先生がおっしゃったことによるものだった。

普通学級にはそういう考え方はないだろうし、特殊学級でも定かでない。

そういう意味では、大志が最も苦手としている部分についての考え方を持っている先生が養護学校にはいらっしゃる、ということからだった。

従って、大志の成長だけを考えるなら、障害児教育のための特別の場が必要なのだ。しかし、障害のない子どもたちが大志と過ごすことで、成長していく部分もあるのだ。そして、それが当たり前の生活の中で、障害を持つ人への理解を促していくことにもなる。

街で障害者を見かけるとかまえてしまうのはなぜ？　障害者と接した経験がないからだ。私自身もそうである。大志との出会いがなければ、障害者問題は人ごとだと思っていた。

冒頭の鉄棒の記述の返事に、私は「障害児を特殊学級や養護学校に入れる制度というのは、健常児にとって大きな損失を与えていると思います」と書いた。

23　入学に向けて

地域の小学校に入学が決まったわけだが、特殊学級もないごく普通の小学校である。はい、うちの子の入学が決まりましたからよろしく、というわけにはいかない。実は、「地域の小学校に入れましょうよ」とおっしゃった先生はその年で退職だったので、逆風もあった。

入学決定後も、その旨、校長先生にあいさつに行ったのをはじめ、自閉症の特性や大志のことをまとめた資料などを持参したりして、入学式までに数回小学校に足を運んだ。

校長先生は、「はじめに言っておきますが、養護学校や特殊学級のように、子どもの数に対して先生がたくさんいるわけではないので、行きとどかない点が出てきます。あらかじめ承知しておいてほしいと思います」とおっしゃった。学校側も子どもを預かるからには責任があるのだ。

十分承知の上です、母親が付き添って授業の妨げにならないようにします、ついては、担任の先生が決まったら、あらかじめ大志にも会っておいてもらいたいので、早めに教えてほしい、等々のようなやりとりを行った。

教頭先生が、厳しい口調で「これからこういう事例が増えていくでしょうから、実験的なものとして受け入れましょう」とおっしゃる場面もあった。歓迎していない先生もいるのだ。学校側の不安の裏返しということもあるのだろう。実験でいいです、よろしくお願いします。

この教頭先生はすれちがいに転出になった。

さらに、運の悪いことに、前の学年まではかろうじて4学級（つまり1クラス31～32人）だったのが、３学級になった（つまり40人弱）と知らされた。う～ん、それは厳しい。人数は少ない方がいいに決まってる。

ところがまた、市内の1年生の全学級にチームティーチング（T.T）の先生がつくことになったという、運のいい話もあった。ただし、クラスにつくんであって、大志くんにつくわけじゃない、とクギをさされたが。

そうして、4月早々に担任にお会いした。ベテランの女性教師。私に任せてください、という調子だったが、大志と握手させたら、ちょっと顔色が変わったかな……。

24 入学式

先が見えず、いつ出られるのかわからないトンネルの中のような長い長い幼児時代と、悩み続けた就学前の1年を過ぎて、ついに、小学校の入学式を迎えた。

幼稚園では、卒園式でも大志に先生がひとりついてくださっていたが、小学校の入学式ではそういうわけにいかない。大志が式の最中に何か起こしたらどうしようかと、私もママも最初から緊張して、保護者席にいた。

「新入生入場」のアナウンスで、1年生が男女ペアで手をつないで体育館に入場してきた。大志も女の子と手をつないで歩いてきた。なるほど、これなら、大志もついてこれる。まずは第一段階クリア。

式の始まりの修礼で、全員起立したが、大志だけ立たない。「立てー！　立つんだ、たいしー！」と心の中で叫ぶも届かず。大志はしばらく座ったままだった。まわりが立っているのに気づいたらしく途中で立った。座るときは、ワンテンポ遅れたが座った。校長先生のお話中も、振り向いたり、上を見たり。

しかし、時間が経つに連れ、隣近所の子どもたちも足をぶらぶらしたり、イスをガタガタさせたりするようになった。大志の前の子なんかイスからずり落ちたりして、大志より目立っていたように思う。障害がなくたって、飽きたらそうなるんだよね。ついこないだまで幼稚園だもんね。

最後の修礼では、大志も一緒に立つことができた。一度経験して、まわりに合わせられたのかも。

そして退場。一気に肩の力が抜けた。

その後、記念撮影があったが、カメラをなかなか見ようとしない子がいて、何度も注意された。すいません、それうちの子です。

教室に戻ると、先生の名前は？　クラスのみんなが「E先生！」と言うと、ワンテンポ遅れて「E先生」と大志の声。「そうそうよくできたねー」となぜかほめられる大志。

そして、ひとりずつ名前を呼び、返事をする場面。だんだん大志の番が近づいてくる。さあ、反応やいかに。

「かいぶきたいしくん」「ハアイ」。やった！　返事できた！

ということで、小学校生活が始まった。

25　クラスの子どもたち

入学式をなんとか乗り切ると、ママと大志の通学が始まった。

ママの席は大志の隣に用意していただいたので、「鉛筆を出して」とか「教科書を机にしまって」など、先生がクラス全体に出した指示をママが大志に中継する。ときに、副担のK先生も関わってくださる。

はじめは、「どうして大志くんだけお母さんがいるの？」と不思議がる子どもたちも、ママが子どもたちのいいところをほめてあげたりしているうちに慣れてきた。普通に話ができず行動の予想ができない大志に興味を持って近寄ってくる子も出てきた。子どもたちは、「大志くんはどうしてお話できないの？」と質問する。ママは、「自閉症っていう病気があってねー、……」と説明してあげた。

帰り道は同じ方向の子どもたちが、大志をとりまいてぞろぞろと一緒に帰るようになった。その中から、「大志くんのお母さん、今日遊びに行ってもいい？」と言い出す子がいて、家にも5、6人が遊びに来るようになった。

ママは「すっかり近所か地域のおばちゃんになった」。

大志は、ママがついていたので、授業中に立ち歩くことは少なかった。大志がついていけそうにない授業のときは、お絵かきをさせたりしていた。当時はプーさんやドラえもんなどを描くのが好きだった。前の席の子が「おめえ、またプーかいてんのか」とのぞきこむ。そのほか、ママはトレーシングペーパーを用意して、大志の好きな絵本の機関車をなぞらせたりした。お絵かきはその後、ディズニー映画のオープニング画面などを描写するようになった。**Walt**

Disneyと白抜き文字で描き、背景にシンデレラ城を描いた。大志が初めて書いた文字はたぶん白抜きだったと思う。

授業中の奇声は止められなかった。最初の家庭訪問で、先生から「授業中の奇声はなんとかなりませんか」と言われたが、どうにも対処できなかった。しかし、いつの間にか大志が奇声を出しても無視して授業が進められるようになっていったようだ。大志のブツブツは教室のBGMとなり、子どもたちは、気にしないでくれるようになった。

26　たいしダヨリー

幼稚園を卒園し、小学校に入学すると、それまでお世話になっていた幼稚園やY園の先生方、S子ちゃんのようにせっかく仲良くしてくれるようになった友だちと離ればなれになった。全く接点がなくなったままにしておくのはもったいないなーと思い、何かつなぎになることはできないものかと考えていた。

また、普通学級を選択したことで、心配してくださる先生も多かった。

そこで、学校生活がどうやら軌道に乗ってきたころ、小学校での大志の様子を知らせるために新聞を作ってみようと思い立った。

第1号は入学式のこと。第2号は参観日。といった調子で、授業での様子やクラスの友だちのことなどなどを記事にした。タイトルは、〝○○だより〟は平凡だし、中身は日記（ダイアリー）みたいなもんだから、ということで、〝たいしダヨリー〟とした（どうでもいいですが）。

幼稚園やY園などにはペーパーで送ったが、パソコンで知り合った方にメールで送ったところ、自分のHP（ホームページ）に載せて紹介したいという方が現れ、コメントがほしいということで、書いているうちに、それなら自分でHPを作っちゃえ、ということで、パソコンと悪戦苦闘しながら、マイHPを立ち上げたのは、その年の冬だった。

しかし、全く大志のプライバシーの暴露である。大志が「ボクのことを書かないで」と言うようになったら、やめるつもりで始めたが、現在まで継続して270号を超えるまでになった（最終的に、中学校の卒業式までの296号になりました）。

HPを立ち上げると、障害を持つ子の親から感想のメールが届くようになり、励みになった。ほとんどが肯定的評価だったが、1件だけ否定的なメールがあった。大志くんの日常を公開すると、学校や役所と交渉するときに、手の内がばれて不利にならないかというものだった。その方は、学校を敵として戦っているようだった。私は、むしろありのままを見てもらうことで、学校や役所の理解が得られるのではないかと思った。

27 参観日

入学してまもなく参観日があった。紙を切ったり貼ったりして自分の顔を作る、という授業だった。このときの大志の席は前から2番目だったので、後ろからは大志の机の上はよく見えない。

大志は横を見たり後ろを見たり、時に奇声を出したりして、担任のE先生の話を聞いているようには見えなかった。「はさみを出して」と言われてもできない。副担のK先生が横について補助してくれていたが、紙を切るのもただ適当にやっているようだ。

作業が進んできたところで、大志が「かおかお」と言ったので、顔を作っているんだということはわかったらしい。

E先生が、自分が作った顔を「お母さんに見せてくださーい」と言うと、子どもたちが一斉に振り向いて得意気に自分の作品を掲げたが、たいしは前を向いたまま。しょうがないよなー、と思いつつもちょっとさびしい。もっとも作品もまともにできてないしね。

片づけの場面になって、大志の机の上に散乱した紙をK先生がまるめた。全部ゴミになっちゃったかー……。

授業参観のあとの学年集会で、お母さん方に大志のことをお話しすることになっていた。ママと二人で教室の前に立ち、大志が自閉症であるためにパニックを起こしたり、子どもたちとトラブルがあるかも知れないことを、あらかじめ理解してくださるようお願いした。ちょうど、その4月から、藤井フミヤ主演と、ともさかりえ主演の自閉症のテレビドラマが2本始まったところだったので、説明に入りやすかったように思う。お母さん方は、しーんとしてうなずきながら聞いてくださった。

そのあと、「返事をしないで机に伏せているクラスの子がいるので、なんとかしてあげたいと、うちの子が言ってます」というお母さんがいた。大志のことだ。気にかけてくれる子がいるんだ。

学年集会が解散になったあと、K先生が「ここまでやりましたよ」と、大志が作った顔を見せてくれた。なんと大志はちゃんと作っていた。「白目を切るのと鼻をつけるのは私がやりましたが、あとは全部自分で作りました」。

おみやげをたくさんもらった参観日でした。

28 初めての当番

前に幼稚園時代の「共に育つ」を書いたが、小学校でもやはり「共に育つ」である。大志に初めて当番がまわってきた。当番は、隣の席の子と2人で、朝の会の司会や授業の号令などの係。大志と組むのはA子ちゃん。

A子ちゃんは、「大志くんは当番の仕事ができないだろうから、ひとりでやるしかない」と思って、当番のセリフをメモして3日前から練習したそうだ。「おとなしい子だと思っていたのに、こんなにがんばる子だったなんて！」とA子ちゃんのお母さんが驚いていたそうだ。

そして、当日。当番は朝の会でみんなの前に出て司会をするのだが、大志は前に出なかったので、A子ちゃんが1人で司会をやった。帰りの会では、何度か促すと大志も前に出た。ただ立っているだけだったが。それでも、A子ちゃんは「大志くんも前に出てきてくれたのでうれしかった」。

当番をさぼったのが大志でなかったら、「ちゃんとやんなさいよ！」と言いたくなるところなんでしょうが、不思議な現象です。

2回目のときから、ママが当番のセリフのカードを持たせて、大志もそれを見ながらちゃんと言えるようになった。

また、学校探検というのがあり、大志はTくんと組んで校内を歩くことになった。Tくんは、ふだんちょっとはめをはずしがちな子で、先生の手がかかる子。入学式のときも大志より目立っていたくらい。

そのTくん、大志がいなくならないように、しっかり手をつないで、悪ふざけなしの真剣な表情だったとか。

また、クラスの子どもたちはどちらかというと、大志のめんどうをみたがる（特に女の子がやってあげようとする）子が多い中、Tくんは「大志くんが自分でできることは、自分でやらせなくちゃだめなんだよ！」と言ったことがある。

そう、何でもやってあげていたら、何もできない人になってしまう。それは教育でも福祉でもない。

……それにしても、障害者福祉のあり方の核心をつく考え方が子どもたちの中から出てくるとは。

29 通知票

ママは毎日大志と一緒に学校に通った。だが、いつまでも教室でべったりしていては、大志が自分で判断して行動する機会を奪うことにもなる。

そこで、朝の1時間はママは別室で待機、慣れてきたら2時間、というようなこともやってみた。教科書などを出したりしまったりすることは、席の近い子が手伝ってくれたりもしたようだが、先生の話を聞いていられる大志ではない。なかなかことはそう簡単にはいかなかった。

そのうちに、午後まで授業を受けるのは、大志くんには負担が大きいのではないかということで、給食を食べたら帰宅することになった。

ところで、ママと大志が学校にいると、声をかけてくれる先生も担任、副担任以外に何人かいらっしゃったが、避けるようにしている先生もいらしたようだ。

なんで避ける？　……考えてみれば、自分が付き添ってまで障害を持つ子を普通学級に入れる母親なんて、常識では考えられない。今で言うモンスターペアレントだと思われてもしかたがない。

一学期の終業式にこんなことがあった。大志がもらった通知票は、他の子と違って、５段階評価ではなく、各教科ごとに文章で、こんなことができた、というようなことが書かれたものだった。

授業にほとんどついていけず、お絵かきしたり、絵本を見たりしていることが多い大志を５段階で評価しようったって、無理だろう。

その通知票の様式は、他の小学校で使用されている特殊学級のものだったそうだ。

ママは、教頭先生がこの様式を入手したときいたので、職員室に教頭先生をたずねた。

「この通知票を使ってくださったのは、教頭先生だそうですね」とママが言うと、教頭先生、顔色を変えて身構えたそうだ。

「教頭先生のおかげでいい通知票をもらいました。ありがとうございました」。

お礼を言いたかっただけだったのだが、一瞬苦情を言いに来たと思われたようでした。

でも、そういうママの姿勢を先生方も徐々に理解してくださるようになっていきました。

30 大志マジック

大志自身の様子について、6月頃ママが書いたメモがあった。

《国語。比較的順調。教科書の音読をやって先生やクラスのみんなを驚かせています。これは、公文のCDで音読がたいしの遊びのひとつに入ったおかげ。書く方も、隣のA子ちゃんのやるのを真似しながら、板書をノートに書いてます。連絡事項を自分で連絡帳に書いたこともありました。

算数。最も苦手。奇声も一番多い。授業についていけません。興味を出させようと、家で、以前は見向きもしなかった算数のビデオを見せたら面白がって見てました。興味を向ける可能性はあるかも。
音楽。一番のりがいい。喜んで歌ってます。》

このころ音読が好きで、休み時間は、お絵かきか音読だったと思う。国語の教科書に、お気に入りの〝おおきなかぶ〟が載っているのを発見すると、それを音読するようになった。まだ、授業ではやっていないところ。前の席にいて「こいつバカだ」と言っていたＴくんは、大志の音読を聞いて、「バカだ」と言わなくなった。

授業中、子どもたちが意見を言うと、最後に「どうですか」とみんなにきき、他の子は「いいです（ちがいます）」という展開になっていた。

先生はときどき大志にも当ててみることがあった。初めて大志に当てたら「はい！」と返事をして立ったが、質問の答えを何も言わずに、いきなり「どうですか？」。一瞬クラスがシーン……。すると、先生が「大志くんがこう言ってるよ」。みんなは「いーです」と応えてくれた。

さらに、終業式のとき、クラスのみんなが校長先生の話をちゃんと聞いていなかった、と先生が怒ったときのこと。「校長先生はなんて言ったの？　〇〇くん！」とひとりずつ当てるが、みんな萎縮して答えない。

順番がきて、「なんて言ったの？ 大志くん！」。すると、誰も立たなかったのに大志は立ち上がった。そして、「忘れました、どうですか、いーです」。

先生が吹き出してしまったので、ムード一変。大志マジックですねー。

31 パパの付き添い

当時、私の出勤時間は10時過ぎの日があったので、そういう日は、通学だけ大志に付き添った。

最初のうちは、横に並んで歩いていたが、いずれ1人で通学することを想定して、「今日はひとりで行きます」と告げ、「いってらっしゃい」と玄関から送り出し、あとから大志に見つからないように尾行したことも。

学校までの道を間違うことはないが、途中1カ所だけ信号のある交差点がある。そこをクリアできればほとんど危険はないが、何が起きるかわからない。

隠れたり近道して様子をうかがったり、思いきり不審人物だった。（笑）

平日が代休で休みの日もあったので、教室の付き添いも2回だけ代わったことがある。その

１回目のときは、２年生になって間もなくのこと。

国語の漢字練習は、ノートの一番上に私が見本を書いてあげ、その下に大志がいくつか練習書きする（ママから聞いたやり方）。

休み時間には、女の子が２人、大志をホールに連れ出し、手をつないで一緒にぴょんぴょんはねたりして遊び、時間になると１人が教室まで大志をおんぶしていった。

図工では、自分の顔を描いて紙のひまわりの花の真ん中に貼る、という課題。大志は、隣の子がやることを見て、ちょっとだけ同じように描いたが、それ以上やろうとしない。そこで、私が目や鼻を描いてあげたら、「たいしドラえもん！」と言って、ドラえもんを描き始めた。

私は、大志が一生懸命やっているから、ドラえもんでもいいじゃない、とやらせておいた。

先生がのぞきこんで「おひげがあるの？　これ一年中教室に貼るんだよ、どうしましょ」。

先生が「肌色を塗って」と指示しても、大志は青で塗り、見事なドラえもんのできあがり。

そのころは、しょっちゅう自分の顔にひげを書いてドラえもんになるくらい、ドラえもんにはまっていた。でもって、まるい紙に顔を描くとドラえもんをイメージしてしまうらしかった。

結局、翌日やり直しとなった。いくら一生懸命やっても、やっぱりドラえもんではだめなものだろうか……。

32　大志は名指揮者

３年生のときのＫ先生は、まだ採用３年目の若い男の先生だったが、大志に何か役割を与えようといろいろ考えてくれた。

子どもたちにファイルを配るとき、「○○くんに持っていって」と大志に持たせて届けさせる。

また、給食係は、それまでパスだったが、お皿をとってあげる仕事をやらせるとか、できそうなことをやらせてくれた。

さらに、音楽の時間に、なんと大志を指揮者に指名した。指揮者といっても、ＣＤで曲を流しながら歌うので、もちろん形だけだが。

大志は、トムとジェリーやミッキーマウスがオーケストラを指揮するイメージが頭にあるので、両手をあげてさっと指揮棒をかまえる。すると、クラスが爆笑。

さらに、音楽に合わせて指揮棒をふり、１曲目は多少緊張気味だったようだが、２曲目になると目をつぶり陶酔の表情で２拍子だか４拍子だかわからないようなリズムの指揮。でも、みんなそれが面白くて、大きな声で元気に歌ってくれた。ママはおかしくておかしくて、ビデオに撮っておきたかった、と。

先生が３曲で終わりにすると、「先生、もっと歌いてー」とリクエストの声。先生の起用が大当たりで、大志の指揮は、子どもたちの意欲を引き出した。

それ以来、朝の会の歌も大志が指揮者となった。

算数の時計を使った授業で、先生が教卓に時計を置くと、大志がさわろうとして出てきたので、「大志くん、○時にして」と、そのまま時計係にしてしまったことも。そうすると、笑う場面も出てくるが、クラスが集中する。

大志が何かやり出すとクラスが一瞬で集中するので、「ちゃんと先生の話を聞きなさい！」と怒鳴りつける必要がない。

大志が次に何をやらかすか、というハプニングを期待する目かもしれないし、何かやったらカバーしてあげようという目かもしれない。

算数の問題の答えを「式５＋８＋17＝30」と大志が読むと、みんなが集中して○つけできた。

K先生は大志をうまく使ってくれた先生だった。

33　りんごストーリー

青森県に関するテーマでの調べ学習があった。

「ほたて」「りんご」などいくつかのテーマを先生が黒板に書き、「調べたいテーマのところに、自分の名前のマグネットを貼ってください」と先生が言った。大志はお絵かき中だったが、Tくんが今これやるんだよ、と大志に教えると、自分のマグネットをもってすたすたと黒板に行き、〝りんご〟のところにペタッと自分の名前を貼った。大志はりんごが好きだからね。

そして、テーマごとにグループに分かれる。

「発表のタイトルは何にしようか」「りんご……」と誰かが言うと、大志が「ストーリー」と言った。「りんごストーリー！」「それがいい」と決まった。

まとめ方は、1枚の新聞？　それとも紙芝居？　「大志くんはどっちだったらできるかな」と廊下にいたママに相談。ママが紙芝居だったら、大志も読めそうだ、と言うと、これが採用になった。

さらに、「表紙は、大志くんが得意そうだから、大志くんに書いてもらおう」とMちゃん。

そして、Mちゃんが、大志にりんごの絵とSTORYの文字を書かせた。

大志は、**TOYSTORY**の白抜き文字を毎日のように書いているので確かに得意だったのだ。

そして、発表会の練習。大志がかいた紙芝居の表紙を見せながら、大志を含む3人のあいさつで始まる。ところが、お互いに顔を見合わせて、発声のタイミングがつかめない。かまうことなく、大志が「〝りんごストーリー〟の発表を始めます」と口を開いたので、他の２人も声を出した。

ところが、発表会本番では、あがっちゃったのか、司会役の子がだんどりを間違えて、オープニングをとばして、中身に入ってしまった。そのせいか、大志の落ち着きがなくなり、発表グループから脱走。

ひと通り発表が終わったところで、先生が大志を連れて戻り、オープニングをもう一度やらせてくれた。

このように、子どもたちは、大志を学習グループに参加させようと意識してくれていた。

34　Ａちゃん

りんごストーリーのときに大志を参加させるのに積極的だった子のひとりＡちゃんが、大志の隣の席になった。

忘れもののチェック表を作るという授業があったときに、「こうやるんだよ」と自分のを作りながら大志に見せていた。大志には、Ａちゃんの指示がすぅーっと入るようで、言うとおりにやって全部できた。

また、昆虫の体を色でぬり分ける、という課題があり、Aちゃんは、「それなら、大志くんにもできる」と張りきって、「大志くん、クーピー出して」と大志を促し、自分のを見せたり、別のお絵かきを始めた大志をたしなめたりしてやらせた。Aちゃんは自閉症支援が得意のようだ。

算数でも、計算ドリルを、大志にも書くように促してくれて、一応、全部の問題が大志の字で書かれた。プリントの余白に、〝〇人の子どもで分けると、〇コになります〟というAちゃんの字があり、〇の中に数字を書かせようとしたあとがあった。Aちゃんは、きっといい先生になれるだろう。

ところが、こんなこともあった。

調べ学習の第2弾で、今回のテーマは「むかしの〇〇」というもの。

Aちゃんが、「大志くんの意見もきかなきゃ」と言って、紙に「むかしの」に続く言葉を「おかし」「がっこう」「でんき」と並べ「〇をつけてね」と書いて、「大志くん、どれがいい?」と見せると、大志は「おかし」に〇をつけた。

誰に教わることもなくそういう手法を使えるAちゃんはたいしたもんだ。ちょっとした工夫で大志も参加できるんだなー、とこっちが感心。

そのあと、グループの他の4人の意見は、「おかし」と「おかし以外」に分かれた。Aちゃんは「おかし以外」支持。そこでAちゃんは、大志を味方につけようと、紙に「がっこう」と「でんき」だけ書いて（わざと「おかし」をはずして）、大志に○をつけさせようとした。ところが大志は、「オカシ！　オカシ！」と強く主張（?）したので、結局、テーマは「むかしのおかし」に決まってしまった。

Aちゃんの作戦、失敗！

35　欠席・時計パニック

子どもたちがうまく受け入れてくれていたようだが、大志が必ずしも順調だったわけではなく、パニックもあった。

大志は、女の子が欠席すると「○○子ちゃんがいない！」と、その女の子の席に座って泣いたりわめいたりした。

すると先生は「大志くん、○○子ちゃんが病気で苦しんでるんだろうなぁと思って泣いてるんだよね。思いやりがあるんだね」とおっしゃったが、これはいるはずの人がいないというこだわり。

大志の指揮で朝の会の歌なのだが、欠席パニックで泣きながらだと、みんなの声もしめりがち。「こら、大志くんに元気を出してもらうために、元気に歌わなきゃだめじゃないか！」と先生が一喝すると、ワァーっといつもの元気な歌声にもどる。

みんなが大志を応援してくれるので、思わずママの涙腺はゆるむ。

先生は、誰々が欠席、という話は極力しないようにしていたが、3時間目くらいに気づいたりする。子どもたちが「○○ちゃんは保健室だよ」と言うと、大志は保健室まで確認しに行ったりした。

あるとき、ママが「○○ちゃんはお墓参りに行ったんだよ」と言うと、パニックにならなかった。

ママが、おじいちゃんおばあちゃんをお墓参りに連れていくために、大志も早退させたことがあり、その後だったので、○○ちゃんもお墓参りだよ、と言ってみたら納得したというのだ。


また、時間へのこだわりもあって、時計を見てパニックになることもあった。

大志が時計を読めるようになったのは、パソコンソフトのおかげ。時計の絵が出て、何時何分と読み上げてくれるものだったと思う（他にもいろいろ入っていてその一部）。

ところが、新しいものを覚えると、新しい問題が起きてくるのが自閉症。

いつも給食は12時なのに、行事の都合で11時半から給食ということがある。すると「給食は12時でしょ！」とパニックになる。しかし、これは案外簡単に解消した。先生が、さっと時計を12時になおしたのだ。

36　いじめ

障害のある子が普通学級に入るといじめにあうという。

クラスの子どもたちとはうまくいっていたが、大志も全くいじめにあわなかったわけではない。私も2回目撃している。

そのうちの1回は、家の近くの公園で。大志はこの公園からひとりで帰れるし、クラスの子もよく遊びに来ているので、公園まで連れていって、好きなだけ遊んでおいで、とおいてきた。20分くらいして、救急車の音がしたので、「まさか大志?」と様子を見に戻った。すると、大志は、アスレチックの物見櫓の上にいたが、なんだか様子がおかしい。まわりに男の子が6人いて、「おりろ！」とか「どろぼう！」とか口々に叫んでいる。

さらに、「こいつ3年3組の頭ぶっこわれてるやつだよ」と、グサッとくるセリフ。

大志の片方のズックが取られていて、大志が「くつを返しなさい！」と叫ぶと、「命令するな！」。

さらに、男の子が２人で、もう片方のズックも脱がせて持っていった。

そのあたりで、ズックを持っている男の子に「この子何かやった？」と声をかけると、小声で「いいえ」。

「たたいたりした？」ときくと、ひとりの子が「あの子、いつもたたくんだよ」。「きょうもたたいた？」。すると、別の子が「どろぼうした」。「何盗んだの？」「ぼくたちのベイブレード（コマ）とろうとした」「そっかぁ、みんなが楽しそうにしてたから、きっと自分でもいじってみたかったんだよ。ごめんね、くつ返してくれる？」。

ズックは素直に返してくれた。泣いている大志にはかせている間に、彼らは離れていった。

子ども同士だと、どうしてもこういう場面は避けられないのだろう。ママが付き添っていなければ学校でもそういう場面があったかもしれない。でも、自分に好意的でない人が存在して当たり前。

その日は、大志を理解できない子どもたちとの接触だったけど、もし地域外の学校に行ってたら、近所の公園なのに、いつ行っても大志を理解できない子どもたちばかりの中で遊ぶことになっていたのかも知れない。

37　ビリヤードに通う

３年生の頃、大志が興味を持ったものを次々とやらせてみた。具体的には、ビリヤード、ボウリング、ゴルフである。

ただし、どれも自分がやりたいようにやるだけで、やり方を覚えようとするわけではない。教えようとしても、受け付けない。

いずれも、アニメのイメージで、例えば、ビリヤードはトムとジェリーやディズニーのピノキオに場面がある。ビリヤードは、以前から興味があって、おもちゃも既に２つあった。でも、おもちゃのビリヤードって、玉に重みがなくて、はじかない、転がらないで、ほんとにおもしろくない。

で、自閉症親の会の行事でボウリング場に連れていったら本物があったので、大志がやりたがったのは言うまでもない。

キュー（棒）を自分でとり、すぐに玉を突く体勢。といっても、ルール無用で、突いたり転がしたり、穴に入れたりというだけで楽しむのだ。時に、穴に落ちた玉がどうなるのか、台の下をのぞき込んだり。さらに、なにやら探していると思ったら、いっちょまえにキューの先にすべり止めをつけてみたり。

すぐ飽きるだろうと思っていたが、しっかりそれで1時間もった。というか、それから毎週「土曜日はビリヤード」というのが大志のスケジュールのこだわりとなって、半年くらい通い続けることとなった。土曜日に別の行事があって、こっちが忘れていると、夜になって「ビリヤード」と言い出してパニックになり、なんとかあきらめさせようとしても後でまた思い出すので、連れて行かざるを得なかった。

そこで、これを利用しない手はないと思ったのが、申し込みの交渉。大志に「ビリヤード、ひとり、1時間」と言わせ、お金を払わせる。受付のおねえさんもすっかり顔を覚えて、大志が言うのを待っていてくれた。

ボウリングやゴルフの打ちっ放しも、大志がやりたがったので連れていってやらせた。いずれもアニメで興味を持って、やってみたくなったのが動機だったのだが、きっかけはともかく、何か体験することで、世界が広がっていくことは間違いない。出かければ人との接触も出てくるし。

38 大失敗のディズニーランド

大志が行きたがったところには、遠くまで旅行にも連れて行った。

3年生のとき、八戸の私の実家と一緒に長野県の弟のところに行くことになり、どうせ行くならば帰りにディズニーランドにもよろう、という計画を立てた。ディズニー大好きの大志が喜ばないはずがない……という思い込みで……。

初めて飛行機に乗れたのはよかったのだが、長野では、テレビのチャンネルが違うとか、（いつもの）ジャスコに行きたいとか、落ち着かなかった様子。そして、観光地めぐりなどをして2泊したあと、東京へ移動。

ディズニーランドに着いた！　大志はぴょんぴょんはねて喜んでいるように見えたが、ゲートをくぐろうとすると、耳ふさぎをして「おうち帰る！」。手をつかむと「はなせ！　はなせ！」と、舞浜の駅に戻り始めた。

駅前のおみやげ屋さんでディズニービデオを買ってあげて、なんとか連れて戻りゲートをくぐったが、その後も「おうち帰る」を連発。

大好きなディズニーランドに入るのに、なんでこんなに苦労させられるんだよ！　もう二度と連れてこないぞ！……と思ったが、後で考えると、大志に旅行スケジュールをきちんと示していなかったのが失敗の原因だった。

しかも、長野で2泊もして、大志にしてみれば、いつ家に帰るんだろう（日常に戻るんだろう）、とそればかり気になって、見通しが持てなかったのだろう。

喜ぶはずという思い込みで、本人の意志を尊重していなかったのだ。

翌年、大志が「トーマスランドに行きます」と言いだし、富士急ハイランドにあるトーマスランドまで家族旅行したが、このときから、しっかり写真入りでスケジュール表を作ったので楽しんでこれた。……といっても、ジェットコースターなどはいやがって、観覧車を数回とあとはほとんどうろうろ歩きだった。わざわざここまで来て乗り物に乗らないなんてもったいない、というのはこっちの都合。大志には大志の楽しみ方があるのだ。

5年生のときは、栃木県の真岡鉄道でSLに乗った。大志の希望に添い、スケジュールに見通しが持てれば大志も楽しめるのだ。

39 大志くん大作戦

三学期に雪上運動会というのがある。校庭で、歩くスキーのクラス対抗リレーをやるのだ。大志は歩くスキーが遅くて、大志の番になると、他のチームの5人くらいに抜かれてしまう。K先生は、大志が速くすべれるようにするにはどうしたらいいかとクラスのみんなに相談した。みんなは活発に意見を出し、2つの作戦が採択された。

その1は先導作戦。速い子が大志の前をすべってリードする。さらに、先導する子の背中にドラえもんの絵をつける。先導役は大志と仲のいいHくんとTくんに決まった。

その2は応援看板作戦。コーンを回ってゴールに向かうときは、みんなに向かってすべることになる。そこで、ゴールでみんながドラえもんの絵を描いた看板を持って応援する。〝大志くんがんばれ！〟などの応援メッセージも入れて。

Ｔくんが「大志くん大作戦だね」と笑顔でママに言った。

というわけで、作戦会議で授業をつぶしたうえ、さらに授業をつぶして、段ボールで看板を作成することになった。

大志のために、みんな喜んでドラえもんの絵を描いてくれた。しかも、「いつもはもたもたしてるのに、ずいぶん早くできたなー」と、作業の早さに先生はビックリ。自分たちで決めて目的意識がはっきりしているからモチベーションが高い。中には放課後も残って看板をしあげてくれた子もいた。

〝大志くん大作戦〟のＤデイ。大志のときだけ、折り返しを少し手前に持ってきて距離を短くする（ハンディをもらった）ため、トップバッターになった。

みんな、ドラえもんの看板をかまえ、大志がすべり出すと一斉に「大志くん、がんばれー」と叫ぶ。先導役のふたりも振り向きながら応援。

そのかいもあってか、追い抜かれたのが３人くらいで済んだ。でも、結局チームは最下位。

大志のせいで勝てないとか、大志を外そうという発想が出ないのが不思議だった。先生が日頃から、大志も学級の一員として学級運営をしてくださっていたからだと思う。

40　クラスの歌

♪青い空 白い雲
勇気をもって
踏み出そう
想い出すと笑いあえる
楽しい想い出
大好きなみんなの
笑顔が宝物……

ママは、大志が気に入った「またあえる日まで」（ゆずが歌ったドラえもんの歌）を、大志とクラスの子どもたちと一緒に歌いたいなーと思い、ミュー（大志の姉）が放送委員だったので、校内放送の昼の曲などでかけてもらった。

家でも何度もかけていたので、家に遊びにきた子どもたちは、「大志くんの歌」と言っていた。

ある日、先生がクラスの歌を決めようと提案すると、子どもたちは賛成。そして「大志くんの歌」という子がいて、ママは一緒に歌えそうだ、と期待した。ところが。

先生は、ＳＭＡＰの「世界に一つだけの花」の歌をみんなに提示。

「この歌はね、みんなのひとりひとりが大切だという歌なんだよ」と力説し、歌詞を解説。

実は、先生がこの歌を持ち出したのには伏線があった。

その数日前の連絡帳に、〝大志くんに対して育ってきた、クラスの子どもたちの思いやりの気持ちを授業で再認識させたい〟というようなことを先生は書いておられた。私はこれに反対した。道徳的な教訓めいた話をされるとごく自然に大志と接してきた子どもたちに、むしろ構える気持ちができるのではないかと心配したのだ。それで、「みんな違ってみんないい」という趣旨の話をして、その中で大志のことにも触れる程度ならいいかも知れない、と書いた。

そして、先生の答えがこれだったのだと思う。

♪そうさ 僕らも
世界に一つだけの花
一人一人違う種を持つ
その花を咲かせる
ことだけに

一生懸命になればいい
小さい花や大きな花
一つとして
同じものはないから
NO.1に
ならなくてもいい
もともと特別な
Only one

みんなでこの歌を歌った。もちろん、指揮者は大志。いつものように前に出て、超マイペースで指揮棒をふった。

41 特殊学級新設

それまで通っていた地域の小学校に特殊学級を作っていただいたのは、大志が4年生のときだったが、そのための動きは2年生の終わりころに始まっていた。

きっかけは、学区から学区外の特殊学級に通っている子ども（大志の1学年上）の親から、地域の学校に通わせたいという要望が出されたことだった。

校長先生から、そういう動きもあるが、大志くんはどうするか、今のままでいいかという趣旨の打診があり、いろいろ考えた。

母子分離を進めていくために、付き添い時間を減らしていくとか、別室待機するとか、やってみたがうまくいかず、ママも毎日通うのはたいへん負担になっていた。また、「せっかく普通学級に入れたのに、母親が付き添って特殊な環境にしている」と指摘する福祉関係者もいらした。

また、就学指導の判定が1年生までは「養護学校」だったが、2年生のときに「情緒学級」（情緒障害の特殊学級＝自閉症も対象）に変わっていた。

こうしたことを考えあわせて、うちも特殊学級を希望することにした。

3年生のときのクラスがとてもうまくいっていたので、そのまま持ち上がりなら、普通学級でもママなしでやっていけそうかな？　とも思ったが、新採用の先生は3年で異動になることになっているので、K先生は間違いなくかわるのだった。

校長先生には、籍は特殊学級に置くが、なるべく親学級で過ごさせてくれるようにとお願いした。

4年生になるとき、特殊学級が一度に2つできたので、ちょっと驚いた。大志の1学年上の子は知的障害の特殊学級で、大志は情緒学級。新しい先生は、市内の特殊学級を歴任してきたベテランのN先生だった。N先生は、大志に水泳やカヌー、ローラースケート、スキーなどのさまざまな体験をさせ、また、学習発表会などの行事では、大志がどうやったらうまく参加できるかを考えてくださった。

運動会でも、ゴールした低学年の子を誘導する係をやらせてくれた。

42 パソコンを壊した

情緒学級にかわることで、大志が落ち着いたかというと、そうでもない。学校での欠席パニックや時計パニックはなくなったが、家でパソコンを壊す事件が2回起きた。

2回ともミューとの姉弟ゲンカによるもの。姉弟ゲンカは、以前から、大志に最も激烈にぶつかる行事として繰り返されてきたが、怒りをパソコンにぶつけたのは初めてだった。

1回目は、テレビのチャンネル争いから、八つ当たりしてママの軽いノートパソコンを床に落としてしまった。幸い（?）保証期間だったので、修理代はかからなかった。

２回目のときは、パソコン争い。３台もあるからけんかしなくてもよさそうなもんだが、使いやすいパソコンの人気が高いのだ。

大志がパソコンで遊んでいるところに、ミューが「貸して」と強引に割り込んだために始まった。

そして、すったもんだのあと、追い落とされた大志があきらめて居間に行ったかと思ったら、かなづちを持ってきた。びっくりしてママがミューをかばうと、狙ったのはパソコン。

大志がふりおろしたかなづちは、キーボードの真ん中にガン！と命中。

たいしダヨリーのバックナンバーはもちろん、未発行の分も、そして、大志の幼児期からの記録やら講演・講座のメモ etc、全てがパーになった。ハルマゲドン……。

コンピュータウィルスよりこわいものが、こんなに身近にいたとは思いもよらなかった。

……しかし、一度はあきらめたデータだったが、業者さんにみてもらったところ、プログラムは壊滅でも、自分で作ったデータは、一部を除いてほとんど残っており、ＣＤになって返ってきた（よかった、よかった）。

新パソコン購入は痛い出費となったが、私はそれでも、大志のパソコンを禁止しようとは思わなかった。前にも書いたが、パソコンは大志の成長のための道具だからだ。

その事件からしばらくして、「明日は○○の映画を見に行きます」と大志が言うようになった。インターネットで映画が始まる日を調べるようになったのだった。

43 パニック封じの呪文

高学年になると、自発語が出てくるのがわかるようになってきた。

ある夕方、ママがミューを連れて買い物に行き、7時過ぎまでいなかった。その間、大志は、2階で1人で遊んでいたが、7時近くなったら、1階におりてきて「晩ごはんはまだですか」とおばあちゃんに言ったそうだ。

いつもは「ごはんだよ」と呼んでもなかなか遊びをやめず、テーブルに来なかったのだが、このときは、よっぽどお腹がすいたのだろう。不自由を自分で感じると自発の意思表示が出てくるものだ。自発語を促すためには、待つことが必要なのだ。そして、待つためには、信じることも必要。

そのころの大志の口癖で、「まいっか」というのがある。気に入らないことがあると、パニックゲージがあがってくるが、「まいっか」と自分で口にして、切り替えられるようになったのだ。

例えば、お気に入りのアニメ番組を見ようとしてテレビをつけるとゴルフ番組で中止。半パニックで新聞まで確認して、「ま、いっか」で、おさまったり。

また、同じように「ケチ」というのもあった。

「お父さん、○○やってください」「お父さんにはできません」「ケチ」。

学校でも、あるビデオを発見して、先生に見たいと意思表示したが、断られて「ケチ」と言ったそうだ。

「ケチ」の場合は、使うとちょっとまずい場面もありそうだが、パニックになるよりはよっぽどいい。

そしてもうひとつ。「ドーナツ食べる」「ドーナツはなくなってしまいました。パンにしてください」「ガーン」。

「まいっか」「ケチ」「ガーン」は、そのころ、大志が自分のパニックを封じる呪文だった。

また、お風呂で「鼻に水、両鼻に水、両方の鼻に入った……」という調子で何度も言い直し、「両方の鼻に水が入ってしまいました」。というように、言葉で表現するとなんて言ったらいいのか、一生懸命考えている様子が伝わってきた。

高学年になって、言葉の意味や文法を意識するようになってきたらしいのだ。

44　学習発表会

1年生のときの学習発表会では、大志は舞台裏でパニックを起こしていたが、2年生以降は舞台に出てきて、毎年成長を見せてくれた。

2年生のときは、ダンスで、耳ふさぎをして突っ立っている場面が多かったが、ときどきはねたりして、それなりに曲に合わせようとしているそぶりは見えた。耳をふさぎながらも、定位置への移動はできていた。

3年生のときは、青森県の調べ学習を劇にしたもの、「♪おこめ~たいしがやぁってきた」というCMの歌に合わせて登場。セリフはなかったが、両隣の女の子に合わせて移動できた。

4年生のときは楽器の演奏。大志は土人の衣装を着て、ギロをやった。リコーダーは練習してもものになりそうにないということで、N先生が大志にできそうな楽器、ギロをやらせてくれた。曲に合わせてギッギッギ、ギッギッギと絶妙な響きを聞かせてくれた。さくらさくらの歌に合わせて軍手をはめた手をひらひらさせるのもちゃんとやれた。

5年生のときは、体操で、他の子どもたちは、なわとびをしたり跳び箱をしたり、いろんな種目があったが、大志は、最後の全員でのフォークダンスだけ。でも、楽しそうにリズムにのってちゃんと踊ることができた。

そして、6年生は演劇。「ほんとうの宝物」という劇だった。大志の出番は、なんと幕をあける前の呼びかけ。女の子２人に続いて、舞台袖から上がって（上がるタイミングは女の子がひっぱってくれた）おじぎすると、すぅっと息を吸ってほっぺたをふくらまし、「みなさ～ん」（トントンと手で腰をたたいて間をとりながら）「みなさんは」「どんな」「宝物を」「持っていますかぁ？」と見事にセリフを言った。

最初に息を吸ったのは、大きい声を出すため。拍子をとったのは、早口にならないようにするため。先生がそのようにしこんだのだ。最初のセリフにしたのは、途中だとタイミングがつかみにくいためだった。

今でも、よくそんな大事な場面に大志を起用できたと、先生方の勇気に感心するとともに、活躍の場面を作ってくださったことに感謝している。

45　運動会の最下位脱出

運動会の１００ｍ走は、小学校時代ずっとビリだった。競走して勝とうという意識がそもそもないので、走りがマイペースで、他の子どもたちがゴールしても大志はまだ半分しか走っていなかった。

しかも、小学校のときは、時間短縮のために、走り終わらないうちに次の組がスタートするので、大志は毎回後ろから追われるのがパターンになり、何度も振り向きながら走っていた。

ここで、いきなり中学校の話になるが、中学校でも、入学してまもなく5月に運動会があるが、小学校時代と全く同じ。次の組がスタートしてこないだけ。

そこで、中学校の情緒学級のS先生は、来年の運動会では他の子と同じくらいに走れるようにしたいと、体力づくりに力を入れてくださった。

体育や生活の時間なども使ってほとんど毎日体力づくりをやった。体育館を10周走ってタイムをとったり、なわとびの跳んだ回数を数えたり、そのほかダンベルやら腕立て伏せ、腹筋、背筋など、少しずつメニューが変わってきているが、とにかく毎日。先生も一緒にやっていて、体がしまってきた、体重が落ちた、とおっしゃるくらいなので、けっこうハードだ。

最初のうちは、「もうかんべんして～」と言ったりしたようだが、そのうちに、「体力づくり、がんばるぞ」「記録を出すぞ」と言うようになって、今では、なわとびも最高記録４９７回を出したし、体育館10周も5分以上かかったのが、4分くらいで走れるようになった。

そして、2年生5月の運動会では、１００m走は5人中の4位となり、ビリ脱出成功。ただ、ほんとは４人で走るはずが、大志が間違って、前の組と一緒にスタートしてしまった。このへんは大志らしいところ。

さらに、せっかく毎日体育館を10周走っているので、１０００mも走らせたいということで、特別参加で、走らせてもらった。これもビリから2番目。

かつて、小学校で大志と一緒のクラスにいた女の子が、「大志くんが走ってるんで、びっくりしちゃった！」と、興奮して、ママに話していた。

かくて、大志の体力づくり作戦は大成功！

46 偏食解消

前回、毎日体力づくりをして、運動会でがんばった話を紹介したが、この体力づくりには、大きな副産物があった。

自閉症の子は偏食のある子が多い。ごはんはふりかけをかけないと食べないとか、ごはんを食べずにポテトチップスばかり食べているとか。それも特定メーカーのものしか食べないとか。

大志も小さい頃から偏食がひどくて、めん類とかスナック菓子しか食べなかったり、牛乳しか飲まなかったりした。小学校時代には、ウィンナーとか卵焼きとか、もう少し食べる品目は増えたが、野菜がきらいとかいう次元のものじゃなくて、食べられるものを数えた方が早いくらいひどい偏食。当然、給食もほとんど食べられるものがなかった。

低学年のころは大志は午前授業で早退していたが、午後も学校にいるようになると、空腹も不安定要因になる。それで、給食があるのに、パンとかお弁当を持っていっていた。

それが中学の体力づくりで、なわとびの回数や走る時間の記録を大志が意識し出すと、目の前に小目標ができたことでがんばれるようになり、「もうかんべんして～」が「体力づくりがんばるぞ！」と言うようになってきたわけだ。

そして、あるとき給食の時間に、先生が「これも食べると体力つくよ」と、何気なく言ったら、大志が「体力つけるぞ～」と、野菜サラダに手を出して食べ、それ以来給食を全部食べるようになったので、お弁当もいらなくなった。偏食の解消はあまりにもあっけなくて、それまではいったいなんだったんだろうと、私もママも拍子抜け。偏食問題は、ずっとひきずってきていたので、もはや解消すべき問題との認識さえしてなかった。

最近では、「ピーマンはおれの好物だ！」と言いながら食べている。というか、ピーマンをおかずに出せと催促までする。なんでピーマンかというと、クレヨンしんちゃんを意識して、ぼくは5歳児じゃないからピーマンを食べられるんだ、ということらしい。

偏食の解消は、大志自身の動機づけに先生がうまく働きかけたことで、自分で乗り越えられたことになる。

47 お仕事するぞ

偏食が解消された頃から、大志はテレビゲームにはまった。なぜか、もっぱら「星のカービィ」のゲームばかりなのだが。インターネットなどで検索しては、「〝ゲーム倉庫〟に買いに行きます」。

既に買っていたニンテンドーDSや私がかつて遊んでいたスーパーファミコンやファミコンでできるゲームがなくなると、ついに、「ニンテンドー64を買います」と、ゲーム機本体とセットで買うという意志表示。

「お小遣い持っているんなら買っていいよ」

ということで、ゲーム倉庫で、中古品がいくらするのか見に行ったら、本体2千円、ソフト千8百円。

家に帰って、大志の貯金箱を開けさせたら、あっさり千円札が4枚出てきてクリアしたので、買いに行った。しばらくそれにはまっていたが、またある日。

「ゲームキューブを買うぞ」と大志。インターネットで、値段も調べたらしく、ソフトと合わせて「3万円だ！」。

そこで、ママが「じゃあ、大志くん、いっぱいお仕事（お手伝い）してお金を貯めてください」。

すると、大志、翌朝、頼みもしないのに、「お仕事するぞ！」と、廊下掃除を始めた。

これを利用しない手はない、ということで、大志のお仕事料金表を作った。ジュースやおかず運び（1階から2階へ）はそれまでどおり1回10円のほか、廊下・階段掃除それぞれ10円、食器洗い1回30円、洗濯物ほし1回30円など。

それまでも、お手伝いをしたら10円というのはやっていたが、なかなかのってこなかったのだ。

さて、ゲームキューブのリサーチに行ったら、本体6千円。お目当てのソフトは残念ながら品切れ。

お仕事させながら、貯金箱のお金を数えさせたら、3千円ちょっと。「足りない！　足りなかったらどうする?」と、大志。肝心のゲームソフトがないんだから、とにかくいっぱいお仕事して稼いで、お金が貯まったら、またゲーム倉庫に見に行こう、ということで、本人も納得したようす。

こうしてどんどんゲーム機が増えたが、それは、大志がお手伝いをがんばった成果品なのだった。

48　中学校での友だち

中学生ともなると、小学校時代にうちに遊びに来ていた子どもたちもすっかり大人になってしまって、一緒に遊ぶという交流はなくなった。

小学4年生から、情緒学級になって、教室が別になったので、音楽などでの部分的な授業参加はあったものの、一つ屋根の下にいる仲間という意識も薄れてきただろうと思う。

それでも、中学校の運動会で走ったあとに、大志にハイタッチしてくれたり、「がんばったな」というように背中をたたいてくれる子がいたりした。

文化祭で各学年が表現活動というのをやる。卒業式でやる呼びかけにダンスや歌が入ったようなものだ。

1年生の表現活動「かたくりの花」の練習のときのことについて、先生から次のような話をきいた。

「大志くんは、始めから通しだとちゃんとやれますけど、練習でやり直しがかかって、〝どの場面から〟と言われてもわからないので、それを始める場所に行けなかったですね。で、どこへ行けばいいの？　と私の方を何度も見るんですよ。でも、わざと知らないふりしていたら、大志くんのそばに配置になる子どもたちが、大志くんを連れにくるんですね。

それから、一度外で練習したときですけど、風が強くて寒かったし、大志くんも体調が悪かったときで、大志くんに練習を続けるか教室に戻るかきいたら、『教室に戻ります』と言うので、そーっと列からはずれてぬけたんです。そのあと練習を再開したら、大志くんのそばの生徒たちが、『大志いねえぞ』『大志どこ行った』ってちょっと混乱があったんです。その場は説明して終わりましたが、生徒たちが気にかけてくれているっていうのがわかりました」ということだった。

小学校の3年間普通学級にいたときにまいた種が生きているようだ。

いまだに大志を気にかけてくれる彼らは、社会に出ても、きっと自閉症の理解者となってくれるだろう。そうして、自閉症を持つ人が地域で暮らせる社会に近づいていくことを願っている。

49 成長は一段ずつ

ママが、学校での様子を大志にきいていたら「先生は超能力者です」と言った。先生が大志に手品を見せて興味を持ったらしい。

それをきいて私は、簡単な手品を大志に教えてみてほしいと先生にお願いした。というのは、手品は相手から見えないようにやらなければならない。自閉症児は、自分の認識と相手の認識が異なることを理解するのが苦手なので、手品をやれば相手に自分がどう見えているか意識する訓練になると思ったのだ。

先生のお子さんも手品が好きなのだそうで、先生は引き受けてくださった。そして、学校で手品を練習し、家でそれを披露するのが大志の宿題となった。

「これから手品を始めます」と言ってから、タネの仕込みをしたりして、笑える展開も多かったが、覚えたセリフを一生懸命言いながら演技する様子のひとつひとつが、成長を感じさせる感動の場面であった。

S先生は、そのほか、あいさつの習慣をつけようと、「あいさつバトル」なるものを考え出した。朝、先生方を見かけたら先に「おはようございます」と言えば1勝。先に言われると1敗。そして、大志は全勝をめざしてがんばっている。

また、大志の関心を広げようと、朝の会で「今日のニュース」を発表させることにした。大志は家でテレビや新聞を見て「チーム青森が優勝しました」などの発表をする。「北朝鮮が核実験をしました」と発表したときは、そのあと核のビデオを見せるというように、大志が関心を持ったものを深めようと配慮してくださった。さらに、難しい言葉については自分で辞書を引いて調べ、「○○というのは～～という意味です」というような発表もできるようになった。

また、小学校高学年の頃から、私は大志がバスにも慣れるようにと、乗車体験をさせていたのだが、なかなか一人では乗せられなかった。先生はこれにも協力してくださり、中学校の近くのバス停（始発）で大志を乗せ、自分は次のバス停で大志が降りるのを待つ、というような練習をさせてくださった。

大志は、期待に応えて、一歩一歩成長の階段を上っている。

50 二次障害のこと

話はちょっとさかのぼるが、大志が小学5年生のとき、八戸市にNPO法人による自閉症・発達障害サポートセンターが開設された。

さっそく大志の検査をお願いし、AAPEPという自閉症の検査を受けた。大志はパニックを起こすことなく、順調に検査課題をこなした。親はマジックミラー越しに様子を見ることができる。

検査のあと、検査を行ったMさんが「二次障害のないピュアな自閉症を初めて見ました」とおっしゃった。

二次障害というのは、ある冊子によれば「その子に本来なかった」のに、「周囲の誤解と無理解の対応によって、発生する障害」である。自閉症の子どもは、「ダメ！」と叱られ続ける不適切な対応によって、自尊心を失い不安定になって二次障害を生じさせるケースが多いのだ。

二次障害のない自閉症を初めて見たというのは、そういう専門家のところに相談に行くのは、二次障害を起こしたケースが多いということもあるかもしれないが、大志がそうならずに育つことができたというのはとてもうれしいことだ。

その要因は何かと問われても、大志の場合しか知らないので、明確に答えることができないが、パソコンやビデオ、ビリヤード・ボウリング・ゴルフ、さらにトーマスランドや真岡鉄道旅行などを通じて、大志の意志と興味・関心を大事にしてきたことだったのではないかと思う。できないことをできるようにしようと無理強いするよりも、できるようになったことを喜んできたこともいい方向に向かっていたのかもしれない。

得意を伸ばせば、底辺もひきずられて持ち上がる。

さらに、学校の先生方も大志の障害特性に配慮してくださったので、なんとか自尊心と意欲を失うことなく、ここまでこれたのだろうと、感謝している。

中２の三学期の参観日には、授業中大志の独り言がほとんどないことに気づいた。場所を意識して自己コントロールできているらしい。家では、大声で独り言を連発しまくりだから。

51 終わりに

大志が小学校に入学したとき、F幼稚園やY園の先生方など、それまでお世話になった方々に大志の近況を知らせたいと思い、「たいしダヨリー」を配り、そのホームページも作ってきた。

3年生までママが付き添って普通学級に通ったが、私も毎日「今日学校でこんなことがあったよ」と、毎日ママからの報告を受けるのが楽しみだった。そして、この貴重な出来事をわが家だけで楽しむのはもったいない、ということもあり、また、自閉症を持っているが、大志はこういう可愛い子どもなんだ、こうして生きているんだということを書きたくて「たいしダヨリー」を、大志の新聞としてここまで続けてきた。

そして、ここで本物の新聞に掲載していただいて、デーリー東北の関係者には感謝している。

さて、自閉症について、アメリカでは映画「レインマン」のヒットにより、理解が進んだと聞いているが、日本ではどうだろうか。私自身、大志と出会うまでは、自閉症という言葉は聞いたことがあっても、どんなものなのか、それが障害だということも知らなかった。

その後大志が成長するにつれ、テレビでも自閉症を扱ったドラマや番組が増えてきた気がする。そして、特殊教育は特別支援教育に変わり、発達障害者支援法もできて、世の中は変わりつつあるように思う。

青森県内でも、福祉施設の関係者が青森県自閉症支援研究会を立ち上げ、年に数回講座を開いているが、参加する施設関係者や養護学校の先生が増えて、毎回熱心に勉強している。自閉症支援のＮＰＯ法人もでてきたし、県の発達障害者支援センターもできた。まだまだこれからかも知れないが、自閉症を取り巻く環境は少しずついい方向に向かいつつあると感じている。

この連載の拙い文章も自閉症への理解につながっていけば幸いであるが、自閉症といっても一人ひとり特性が異なる。あくまでも大志のことを書いたので、自閉症はこうだという誤解がないようにお願いしたい。

大志は中学3年生になった。社会に出る準備を始める時期である。

——そして10年後

第2部　続・大志とともに　～自閉症の息子 就職までの道のり～

※デーリー東北連載（2018年10月6日～2019年11月9日）
中学3年生から就職まで

1

前回までのあらすじ

タイトルに見覚えがある読者もいらっしゃるかと思います。お久しぶりです。平成19年9月から51回、1年にわたって「大志とともに～自閉症子育て日記～」というタイトルで、本紙に掲載していただきました。当時、自閉症の息子は中学生でした。あれからおよそ10年を経過して、パート社員ではありますが、就職して毎日仕事をするようになったので、その後の経過を報告したいと、筆を執った次第です。

さて、まずは、以前掲載した内容のあらすじから。

あまり泣かず、あやしても反応がなく「仏様みたいだ」と言われた赤ちゃん時代。名前を呼んでも振り向かず、視線も合わせず、知らないうちに家からいなくなり、意味不明の独り言、さらには「すんごいごんぼほり！」と言われた幼児期。

自閉症であることがわかったのは2歳2か月の頃だった。

そして、就学指導で養護学校判定だったにもかかわらず、母親が小3まで付き添って通った普通学級。小4から中3までは情緒学級（特殊学級＝現在の特別支援学級）。

記事には概ね中2のころまでの出来事を記し、「社会に出る準備を始める時期である」と終わった。

その後、養護学校を経て、現在に至るのであるが、続きを書き始める前に、現在の大志の状況を紹介したい。

現在は、月曜日から金曜日までは八戸のグループホームからパート社員として通勤。土日はひとりで新幹線等を利用して往復し、青森のわが家で過ごす、という生活。

毎日、「今日も一日がんばるぞ！」とはりきって出勤している。

家でも、食器洗いや新聞しばり、廊下そうじ、冬の雪かき等お手伝いに大活躍。それ以外は、ゲームやパソコンをいじりながらゲタゲタ笑って過ごしている。

ということで、自閉症の息子が、就職するまでの話をさせてほしい。

2　面接練習

話は10年ほどさかのぼる。

息子に「中学校卒業したらどこに行きますか?」と尋ねると、「T高校」。

あー、２つ上の姉がＴ小学校、Ｔ中学校からＴ高校へ進んだので、自分も同じ道をたどるんだろうというイメージがあるらしい。しかしながら、高校は試験に合格しないと入れない。

中学校卒業までには、ほとんどマンツーマン学級だったこともあって、割り算や分数までできるようになったし、辞書をひくこともできるようになったが、その程度では高校受験に合格できるとは思えない。高校には特学もない。

親の会の中には、自閉症の子どもが定時制高校に入った例もあるが、障害のある子の進路のノウハウがあるとも思えない。

養護学校の中で障害のある生徒の就職に力を入れているのは、Ｋ養護学校。なので、卒業後の就職を考えると、進路希望はＫ養護。

しかしＫ養護は、県内の養護学校の中で唯一試験で選抜を行う学校。そして、Ｋ養護を受験した場合だけ、別の養護学校を第二志望で併願できるようになっている。当時は、定時制との二股はできなかった。

さて、本人にも「Ｔ高校」ではなく「養護学校」のほうを向いてもらわないといけない。

「Ｔ高校は、大学に行って、今より難しい勉強をするための学校です。Ｋ養護学校は就職してお仕事するための学校です。どっちにしますか？」

「Ｔ高校→大学、Ｋ養護→仕事」と書いた紙を見せながら尋ねると、大志は「Ｋ養護学校です」。

　よし！　決まり。

　次は、K養護の受験対策。試験は、国語、算数と軽作業、そして面接。この中で、いちばんの問題が面接。中2の段階で、まだ会話のやりとりがほとんどできない。

　そこで、担任の先生が、受験までの約1年、毎日のように面接の練習をしてくださった。「今朝は、何を食べましたか？」「好きな教科はなんですか？」……

　毎日くり返すうちに、多少とんちんかんながらも会話らしくなってきた。

3　受験当日

　K養護学校の入学試験当日。

　この日、朝起きて着替えしながら「今日で終わりだ」と大志の第一声。

　大志なりに面接練習や国語・算数のドリルと毎日努力してきて、この日を迎えた意味がわかっている様子。

　一緒にK養護学校に行ったが、受付からそのまま、子どもは体育館へ、親は控え室へと別れたので、試験中の大志の様子はわからない。午前中に国語・算数と軽作業で、午後に面接。面接は親も一緒。

午前の部が終わるまでは、親はひたすら待つのみ。今頃、あれやってるなー、これやってるなー、独りごと言ってないようなー、仮面ライダーの変身ポーズやってないよなー、とあれこれ想像力をたくましくする時間。

そして、お昼休みで控え室にやってきた大志、緊張した顔がちょっとだけゆるんだ様子。

一緒に待機してくださっていた担任の先生が「がんばったね」と声をかけると、大志は、「ぼく、がんばったぞ」と言いながら、自分のザックからさっさとお弁当を取り出しハンカチをほどく。

午前中の様子を聞き出そうとしても、何をやったのか、大志は話そうとしてくれない。が、がっかりした感じがないので、まあまあ自分なりにやれるだけやったというところだろう。

さて、午後の面接。市内の受験生は後回しのようで、大志は4番目（最後）。

親と子どもが一緒に面接に入り、途中から子どもだけの面接。

面接開始5分前に、点呼を取る場面があり、受験生たちが、呼ばれた番号に対して「はい」と返事をする中、「38番」と呼ばれた大志、「はい！」と手を上げ、さらに「ぼくです！」と大きな声（別にそのように仕込んだわけではなく）。

　さあ、いよいよ面接の本番だよ。

4　面接本番

　面接の順番を待つこと1時間余り。「38番の方～～」。

　さあ、いくぞ。

　大志がドアをノックし、親子3人で面接室内へ。角をつけて歩く大志。

「受験番号と名前を言ってください」「はい、38番貝吹大志です！」

　大志への質問が始まりましたが、なかなか練習どおりにはいきません。

「部活動は何かやっていましたか？」

　部活はやってないから、本人意味がわからないだろうな……。大志は、ちょっと間をおいて
「野球部」。

　えっ⁉　と私とママ。ほぉーという顔の面接官。

「……の応援です」と大志が言葉をつないだので、緊張感のあった面接室に思わず笑みがも

れた。

いくつかの質問に、大志がたどたどしい返答をしたところで、「それでは、お父さんお母さんにお聞きします」「はい」「お子さんのよいところはどんなところですか？」。大志がもにょもにょと何か言いましたが、「お父さんお母さんが答える番だからね」。

これを含めて、親への質問は４つで終わり、「ここからはお子さんだけの面接となります」ということで、私とママは退室。その後はどんな展開だったのか、全くわからない。

やがて、大志の影が扉のすりガラスに見え、深々と頭を下げると退室してきた。ゆっくりと扉を閉めてふりむくと、「ふうーっ」とため息。大志もかなり緊張していたようだ。

学校の玄関を出て、車に乗ると「終わったー！」とママ。ママの緊張も相当なものだったようだ。

私はと言えば、ちょっと物足りない感じがあった。20分という限られた時間で、たった４つの質問に答えるだけなので、大志の今の状況や成長の跡などを充分に語る場面がなかったからだと思う。

家に着くと、大志はパソコンで仮面ライダーアギトの動画を開き、大声で主題歌を歌っていた。

ずっとがまんしてたもんね。お疲れさま。

5 受験を終えて

受験後の大志の作文。

《ぼくは中学校を卒業したら、K養に進学したいです。そのために、日頃から国語や数学、体力づくり、作業、面接練習をいっしょうけんめいにがんばってきました。とうとう受験の日がきました。勉強の成果を見せようと、K養へ父母と行きました。「合格するぞ!!」という気持ちで、学校の中に入りました。

「ここが、ぼくが3年間通う学校か。」と、早いですが、ついつい考えてしまいました。でも、今日は受験をしにきたので、これで合格が決まったと思ったら大きな間違いです。試験はこれからです。

午前中、教科の試験や、作業適性検査がありました。どれも落ち着いて取り組むことができました。勉強した内容も少し出ました。周りのみんなは、とても頭が良さそうに見えました。「負けていられないぞ。」と、気合いを入れました。

午前の試験も終わり、ワイシャツを中に着て、面接のために制服に着替えました。これで準備バッチリです。そして、控室でぼくを待っている父母といっしょにウィンナー、卵焼き、ほうれん草入りのお弁当を食べて元気モリモリです。

いよいよ、面接です。練習の成果を見せるときがきました。面接中、キョロキョロしないで、じっと面接官を見て面接ができるように心がけました。面接は百点のできでした。

長かった試験の一日が終わりました。あとは合格を待つだけです。》

意味が通るように、かなり先生の指導が入ったものと思われる作文である。20代になったいまでもこのくらいまとまった文章は書けないと思う。

親の私としては、息子が自分のことばで書いた作文に成長を感じたいところだが、先生も指導した跡を残すのが仕事のうち。

作文では、大志は合格するつもりでいる、というか、落ちるかもしれないというネガティブな想像力がなかったのではないだろうか。

でも、きっと受かるよね！

6　合格発表

合格発表の日。

9時の発表だったが、私は仕事の都合で立ち会えず。

以下は、ママが撮ったビデオでの様子から。

ママが大志を連れて、K養護の玄関へ。発表の紙が貼り出される前に、大志は一度〝へんしん〟のポーズを決め、「世界の平和を守るため……」とブツブツ。

K養護の先生が玄関前に、合格者の番号を貼り出すと、「あったー！」「おめでとう！」と、お母さん方の声。

大志は、「ぼくはどれかなぁ？」「ぼくの番号はどこかなぁ？」……。

ビデオカメラがとらえた番号の37の次は39。38番はなかった。

「オーマイガァッ！」と言ったけど、大志はなぜか終始笑顔。ごまかし笑い？

次の挑戦は？

「A養護学校です」と大志。

K養護を落ちたのは残念ではあったが、それを目標にがんばってきた大志には、いい経験になったはず。国語・算数のドリルに体力づくり、面接練習もがんばった。

面接の本番でちょっととんちんかんな受け答えがあったが、でも、面接の場面ではちゃんと座って受け答えするんだ、アニメの独り言を言わないんだということも勉強してきた。

そこまでできるようになったということだけでも、大きな収穫。そして、受験当日の長時間の緊張に耐えられたこと（試験中に独り言などがなかったか確認してないが）も大志にとっては成長の証であった。

さらに、不合格の挫折も経験のうち。

でも、家に帰ってきた大志は、ケロッとしていていつもどおりパソコンいじりながらひとりではしゃいでいたそうだ。転換早すぎ。

でも、それも長所かも。

……そうだよね、悔やんだからって何も変わらず、エネルギーをムダにするだけ。

人生はなるようになるだけ。大志くんの生き方は、いい生き方なのかもしれない。

7　第二志望

さて、就職に力を入れているK養護学校を落ちたわけだが、だから就職できないというわけではない。第二志望のA養護学校から就職したっていいのだと、こっちも転換。

ただ、A養護学校卒業生の就職の実績は、少なくとも当時はほとんどなく、福祉施設のお世話になる卒業生が多かったので、就職のノウハウがないことは予想された。

とすれば、早めに意思表示して準備してもらったほうがいいよな。どのタイミングで伝える？


……おぉ、受験のときの面接があるじゃないか。

ということで、A養受験の日。学科試験等があって、最後は面接。まずは大志。

「この学校に入って何をやりたいですか？」「産業科です」

しまった！　これはK養での答え。K養の面接は1年かけて練習したが、A養の面接のための練習は特段してなかった。

「残念だけど産業科はないんですよ」。

K養は産業科だけど、A養は普通科しかない。

その他、練習してきた問にははきはきと自信を持って答え、そうでない質問にはちぐはぐな感じがあったが、私もママも、大志がどう反応するか楽しんでいた。

そして、K養とは逆に、最後は親だけの面接。大志は、角をつけながら歩いて退室。

面接官の先生とのやりとりで、食器洗い等の家のお手伝いも毎日するし、秋にはわが家の車のタイヤ交換もやったことをお話しした。

そして、「卒業後の進路希望は？」。

きたきたぁ！　迷わず「一般就労です」。

先生方は、互いに顔を見合わせ「一般就労だと○○先生？」。……ちょっとちょっとぉ、保護者の前でうろたえないでよぉ。

まあ、その時点では、就職できるかどうかはわからなかったが、目標は高く設定したほうが大志も成長できるはず。

最初から福祉施設でいいと思っていたら、就職にはたどり着けない。一般就労を目標にしても福祉就労はできるだろう。

とにもかくにも、

「よろしくお願いします」。

8　入学先決定！

試験で落とすことはまずないA養護学校だったが、大志が、K養護学校の合格発表で番号を見つけられなかったので、合格の喜び、「やったー！」を味わわせるチャンスということで、ママがA養の発表を見に連れて行った。

実は、大志は出かけるとき、イヤがる様子を見せた。「今度も落ちたらどうしよう」という不安があったのかも。「今度こそだいじょうぶだから、おいで！」。

そして、合格発表で自分の番号を見つけると、「18番、あったぞ！」と大声で手をたたく。さらに、「18番に敬礼！」。振り向いて「合格、決まり！」と、ママや担任の先生に報告。

先生と握手すると思いっきり上下に振り、先生の「がんばったね」に、「よくがんばりました。３年間がんばりました」と大志。

そして、A養の先生とも、「おめでとうございます」と自分で言いながら握手。さらに、「楽しみにしております」とつけ加えた。

ここまでが、大志の中学校卒業後の進路がA養護学校に決まるまで。

で、A養での様子は？

……という話の前に、大志の就職にこだわったことについて語らせてほしい。

自閉症に限らず障害のある子どもの進路としては、福祉就労や施設入所を選ぶ親が多かったように思うが、うちは一般就労（就職）にこだわった。

大きな理由としては、大志本人が「お仕事します」と言うようになったこと。

決して「就職」についてのイメージを持っているわけではないが、仕事したいという以上、それをかなえるように動くのは親のつとめだろう。

「大志くんには、障害があるからムリなんだよ」なんて、口が裂けても言えない。

大志が「お仕事します」と言うようになった要因は、お手伝いにカギがあると考えている。

9 お手伝いは仕事の始まり

自閉症の息子、大志の就職にこだわったことについての話。

大志の就職にこだわったのは、まずは、自閉症の障害はあるが、でも、将来は就職して自立して生活することを考えるべきだと思ったこと。

確かに大志は、アニメにばかりはまって、精神的には幼いし、まともなコミュニケーションもできない（今でもほとんど変わっていない）。でも、大人になるまでにいろんなスキルを身につけていけばいいし、できなかったらそのとき考えればいい。

この子の将来に向けて何を目指す？　と考えたとき、やはり就職と自立した生活であって福祉施設ではないだろう。施設は、チャレンジして駄目だったときに考えればいい。チャレンジもしないで諦めていたら、本人は納得がいかないままの人生になってしまうのではないか。働くことも経験した上で本人が施設を選ぶなら別だが、子どもの人生の選択肢は残しておきたい。

そのためにやっておくべきことは……。

大志が小学校4年生くらいのとき、ある福祉関係者から「障害のある子はこき使いなさい」という話を聞いた。

いろいろな家事を経験させなさい、それが将来の役に立つ、という話だと理解した。

そこで、掃除機をかけさせてみたり、おかず運びをさせてみたり。

でも、掃除機でサイコロを吸い込ませては取り出し、取り出しては吸い込ませ。まあ、遊びながらでも、掃除機の使い方を覚えればいいよね、って感じ。

ホットケーキを焼かせたり、野菜を切らせたりもしたが、単発的でなかなか継続しない。

小学校高学年になって、いい仕事が見つかった。

わが家は、1階にママの両親、2階がわが家になっていて、当時は1階と2階別々に食事していたが、1階からおかずをもらってくることも多く、それを大志に運ばせてみたのが、ヒットした。

これを大志の役割にしよう！　ということで、おかず運びが毎日の大志のお仕事になった。

毎日やることだと継続しやすく、毎日「ありがとう」「運ぶの上手だねぇ」と声かけができる。

10　お小遣いは完全歩合制

子どもが小さいころは、おもちゃなどを、誕生日だから、クリスマスだから、ということで買ってあげるが、だんだん高額なゲーム機などを欲しがるようになる。

それを全部かなえてあげていいものか、ときには拒否すべきか。

お小遣いについて、私は、月額いくらというのではなく、お手伝いをした分だけあげる方がいいと考えていた。

そこに、「障害児はこきつかいなさい」という話を聞いたので、お手伝いしたらお小遣いをあげるようにした。

おかず運びは1種類10円、掃除機がけ30円、食器洗い20円、お風呂掃除20円等々。

やり始めたころは、その都度払いだったが、1日分のカードを作って、やった分だけまとめて精算するようになり、中学校時代には1週間分の表に自分でやった分の金額を書き込んで自分で計算して精算するようになった。

中学校の頃、ゲームソフトを次々とほしがるようになったので、「いっぱいお手伝いして、お金ためて買いな」。

そうなれば、お小遣いの請求も自分からするようになるので、こっちからは「いくらになった？」と聞かないようにした。

さて、おかず運びが毎日の仕事になった大志。

毎日やるというのはけっこう大切。毎日の生活のルーティーンの中にあるので、本人にもやるべきこととしてわかりやすい。しかも、やったら「ありがとう」と毎日言ってもらえる。

……この、お手伝いをやって「ありがとう」を言い続けてきたことが、大志の仕事への意欲につながったものと考えている。

最近気づいたのだが、お手伝いは、親が子どもにありがとうを言う機会をつくるためにさせるものではないか。

そして、そのためには、できそうなことをさせる。

失敗することをさせて、叱って、お手伝い（お仕事）への意欲を失わせたのでは元も子もない。

11　「ありがとう」について

前回、お手伝いさせて、親が子どもに「ありがとう」を言う話を書いたが、関連して子ども本人が「ありがとう」を言うことについて。

養護学校高等部3年生の夏休みのこと。

しいたけの原木運びの実習をさせてくれるという施設があったので、数日通わせてもらった。そして、長靴をはいての作業が終わって、施設の支援者さんが大志の長靴を洗ってどろを落としてくれたとき、大志が「ありがとう」と言った。すると、その場にいたママの話では、支援者さんが驚いた表情を見せたという。

それを聞いて思ったのだが、おそらく支援者さんたちは、障害者のめんどうをみるのが当たり前で、めんどうをみてもらっている障害者の側もそれが当たり前になっているのではないか。そういう状態では、障害者から「ありがとう」の言葉は出ないだろう。

大志が「ありがとう」を言えるようになったのは、お手伝いして「ありがとう」を言われる経験を積んだということもある。

しかし、もっと基本的なことは、自分でやるべきことをやってもらったから「ありがとう」なのであって、そのためには、やってもらったことが、本来は自分でやるべきことなのだとわかっていないと「ありがとう」は出てこない。

大志には、ママが「自分のことは自分で」と言い続け、やらせるようしてきたので、「ありがとう」が言えるようになったのではないかと思う。

大志は、いまの職場でも、やり方を教えてもらったときなどに「ありがとう」と言っているようである。ときには仕事の指示に反発するようなそぶりも見せるそうだが。

……仕事を中途半端に教えて、自分なりのやり方をしてから、「そうじゃなくて！」とやると、反発するかもしれない。

「やってみせ　言って聞かせて　させてみて　ほめてやらねば　人は動かじ」（山本五十六）という言葉は、自閉症児育てに有効だったと思う。

12 養護学校入学

さて、養護学校高等部の入学式である。

どんな学校生活になるのか、親のほうも不安と期待が入り交じる。

教室に案内され、大志は自分の席へ。そこで、担任の先生が新入生のリボンを大志につけようとした。そのとき、大志が「自分でつけます」と、先生の手からバクッとリボンをとって、多少もたついたが自分でつけた。

このとき私は、「やったー！」と内心手を打った。

というのは、いきなり「やってあげる」行為が出たので、大志がどうするかと思ったのだ。そして、自分でやると意思表示し、実行できた。

そういう場面こそ、まず自分でやらせてみて、できないようなら助け船を出すような手順を踏む必要があるのではないか。

本人にやらせてみないと、できるかどうかわからないし、自分でやるべきことという認識も持たせられない。


実はその後、卒業後にお世話になった施設でも、似たようなことがあった。わが家から車で2時間以上かかるところなので、毎日通うわけにいかず、平日5日間を親から離れて過ごせるかどうか、お試しで行ったときのこと。

施設の玄関前に車を停め、大志に4泊5日分の荷物が入った自分のかばん3つ持たせたところ、中から「お待ちしてましたぁ」とスタッフが出てきて、大志からかばんをパッパッと取り上げて先導していった。

思わず「あれ?」。

またまた、「自分のことは自分で」が踏みにじられたような場面。

後でその話をしたら「利用者さんへのサービスで……」というような返事だったが、支援者の仕事は自立支援のサービスであって、ホテルのようなサービスとは違うのでは?

自立支援というからには、自分でやることを支援するんであって、やってあげることではない。

福祉は、おもてなしではないはずで、障害者でも高齢者でも自分でできることは自分でやらせないと、何もできなくなってしまう。

13　学校に慣れるのに2年⁉

養護学校高等部は、生徒8人に先生2人で1学級。

大志は、小4から中3までの6年間、ほとんどマンツーマン学級（多いときで生徒2人）だったせいか、養護学校の教室では不安定になる日が多かったようで、トラブルメーカーになってしまった。

「乱暴な言動が多く、クラスメートたちが怖がっている」と、連日先生から電話や連絡帳で知らせてきた。2年生になったころには「大志くんっておもしろ～い」と言われるようになったが。

養護学校での様子を書くと、わが家の場合は愚痴や悪口が延々と続きそうなので、はしょることにするが、まもなく3年生になるころ、就職への取り組みを進めるために私が連れて行った支援者さんに、担任の先生が「大志くんは学校に慣れるのに2年かかったんですよ」と言ったことが象徴的だったように思う。

私としては、学校側が早い段階から準備に入れるようにと入学前の面接で、卒業後の進路は「一般就労です」と告げたつもりであった。なんといっても、障害のある子をたった3年で就職させるのは、かなり難度が高そうであると思われたので、とにかく早く意思表示すべきと思ったのだ。

しかも、A養護学校には卒業生の就職の実績がほとんどなかった。数年前に1人いたので、尋ねてみると、親がなんとかしたような話であった。

親が？　……ということは学校には生徒の就職が経験として残されていないということ？

そうか、親がやっちゃうと養護学校や支援機関には就職に取り組む経験が残らないわけだ……。

それにしても、卒業まであと1年しかない段階で、「学校に慣れるのに2年かかった」と言われると、今まで慣れるのを待っていたのか？　と愕然とする思いであった。

そもそもやるべきことは、社会に出る準備であって、学校に慣れることではないのでは？

で、最後の1年はどうするの？　卒業するのを待つだけ？

14　800mで金メダル！

養護学校に入学してまもなく、県の障害者スポーツ大会のチラシを大志が持って帰ってきた。

大志は、小学校の徒競走では、みんながゴールするときまだ半分くらいしか走っていなかったが、中学校時代、担任の先生が毎日体力づくりしてくれて、他の子と同じくらいには走れるようになっていたので、もしかすると出たいと言うかもしれないと、一応本人にきいてみた。

「スポーツ大会に出ますか？」「出ます」。「種目は？」「800mだ」。

100m、200mではなく、1500mでもなく、800mを選んだのは、おそらく中学校の体力づくりの中に、時間を計りながら体育館10周走ったというのがあり、それに近い距離を選んだもののようだった。

ということで、高等部1年のときの大会。知的障害男子800m少年の部に申し込んだ。

当日の参加選手は3人だった。これはラッキー、ビリでも銅メダル。

大志は、「足を車輪のようにして走ります！」と張り切ってスタートラインに行く。足を車輪のように回転させるのはマンガのイメージ。

「いちについて！……」。選手たちはスタートの構え。みんな立っているのに、大志だけ両手を地面につけるクラウチングスタートのかまえ！　おっ、隣の子もつられて手をつけようとしてやめた。これは陽動作戦か？　まさかね。ま、大志らしくていいんじゃない？

少年の部以外の選手も一緒に走っているので、入り乱れていたが、少年の部の中では大志は3位と出遅れた。しかし、他の2人が途中ばてて遅くなりマイペースの大志が逆転、なんとデビュー戦で金メダル！

就職には直接関係ないが、中学校で受けた指導は生かされた。

翌年は、５人参加で銀メダルをもらったが、その後は3位以内に入れなくなった。短距離は参加者が多くて入賞しにくいが、８００ｍは穴場だと気づいた選手が流れてくるようになったらしい。

15　アビリンピック入賞！

「大志くん、パソコンが得意そうだからアビリンピックに参加してみては?」と学校から誘いがあったのは、2年生のとき。

アビリンピックというのは、パソコンや清掃、喫茶サービスなど、障害者の仕事のスキルの競技大会。パソコンはさらに、ワープロ、表計算等の種目に分かれており、ワープロはさらに、知的障害とそれ以外に分かれる。

大志はワープロを選んだので、知的障害部門で参加した。

わが家でパソコンを買ったのは、大志が2歳のとき。私が使うためだったが、おまけでついてきたディズニーのソフトで娘が遊び始め、それを見ていた大志もマネしていじるようになったのだった。

そうして大志はパソコンにはまるようになり、いろんなソフトで遊んだ結果として、文字や計算等を覚えた。

中学校では、技術家庭の時間にワードやエクセルの練習用ソフトをやり、さらにタイピングソフトでブラインドタッチも練習させてもらっていた。

そして、臨んだアビリンピック。90分でワープロの問題は4つ。文章を入力したり編集したりする。

パソコンの持ち込み可とあったので、この機会に大志専用のパソコンを買って持参した。競技指導員の前で大志は「夢のマイPCだ！」とつぶやいた。

アビリンピックの賞は、最優秀賞、優秀賞、努力賞と参加賞であるが、最初の大志の成績は努力賞であった。

その後、現在までに優秀賞を3回、努力賞を1回とり、6回目の参加でついに最優秀賞をとることができた。賞状は毎回額に入れて飾ってある。

ところが、最優秀賞をとったあとは、アビリンピックもスポーツ大会も、参加すると言わなくなった。

「就職したからもういいです」。

……そうだった。「がんばれば就職できるかもよ！」とあおってきたのは私だった。

しかも、最優秀賞をとった翌年に就職できたのだから、大志は「アビリンピックでがんばったから就職できた」と理解しているのかも。

16　現場実習　就労希望はゆずらない

養護学校の高等部には、卒業後の自立に向けて、通常のカリキュラムの中に「作業学習」があり、さらに、年1～2回「現場実習」というのがある。「作業学習」は、農作業や木工、手芸などを校内で行うが、「現場実習」は、市内の事業所等、実際の仕事現場で本当の仕事をする経験をするというもの。

大志は、1年生のときは施設での実習が予定されていたが、施設側でインフルエンザが流行ということで受入中止となり、校内実習に切り替えられた。

2年生から3年生の2年間で、学校が手配してくれたクリーニング屋さん、印刷屋さん、こんにゃく屋さんなどで1～2週間、5回の実習があった。他にわが家の手配で、就労支援施設等でも何度か実習させた。その中には、卒業後にお世話になっている八戸の施設の4泊5日の実習も含まれている。

また、自閉症児のママ友が立ち上げた自閉症支援グッズのお店でも週2回、放課後2時間程度実習させていただいた。

学校が手配した実習では、終わったあとに、受け入れた事業所による評価の伝達がある。

作業は正しくできたか、速かったか遅かったか、指示通りできたか、あいさつは、遅刻は、身だしなみは……等々の事業所による評価。大志は、自閉症なのでコミュニケーション系は弱い。

先生からの伝達では、毎回「大志くんはこれができませんでした。あれもできませんでした……」。

で？　……こっちの反応を待っている？

「ですから、次の実習に向けてこういうのをやっていきます」っていう続きがない。

ってことは、「そうですか。やっぱり就職はムリですかねぇ」と、こっちが言うのを待っている？


……そうはいきません。大志本人が「お仕事したい」と言っているのに、親が「就職はムリだよ。あきらめて」なんて言えるわけがない。

少なくとも、本人があきらめるまでは、チャレンジあるのみ。

17　福祉関係者の後方支援

大志が2年生のとき、私が役員をしている自閉症支援研究会で、T―TAPという自閉症児の就労に向けたアセスメント技法について、専門家に実践してもらって勉強しよう、という話が出た。そして、そのモデルに大志はどうかと提案され、私は二つ返事で了解した。

それ以外にも自閉症の勉強会等でモデル指名されたときも引き受けていた。大志が、自閉症の支援者さんたちの目に触れて、覚えておいてもらえれば、将来的にきっとメリットがあるはず、と。チャンスはどこにあるかわからない。

さて、T―TAPのいろんな課題に大志がどう反応するか。小学5年生のときに八戸のサポートセンターでAAPEPを受けたときは、課題そのものはけっこうできていたが……。

今回も、スキルのほうはそれなりだった。でも、アセスメントが一通り終わったところで、専門家の先生が「こ！」とひと言。

自閉症が「濃い」と。

まあ、それはそうなんですけどぉ、就職に向けてはどうなるの？

このあとの展開は、このとき撮影した映像を見ながらまとめるということのようだった。

さて、実は、これより以前から、福祉の就労支援関係者を学校に連れて行きたいと思っていた私は、これをきっかけにできると思った。

T―TAPという自閉症の就労に向けた手法がありそのアセスメントを受けたので、担任とも情報共有してもらって、就労を進めたい、と。

支援者のIさんに相談したところ快諾していただき、学校に連絡。

かくして、福祉との連携による学校の取り組み、となるはずだったのだが、結果的には、福祉側は学校を支援するつもりだったのが、学校側は就労支援者がなんとかしてくれるんだろう、ということになってしまったような気がしている。

18 バスの練習

大志は、いまは、毎週末、ひとりでバス、電車、新幹線を乗り継いで八戸―青森間を往復しているが、そこに至るまでの話をしたい。

話は少しさかのぼる。大志がまだ小学生だったころ、なんかの子育ての本に「自家用車は子どもの成長のためによくない」というようなことを書いていた。

子どもがどっかに行きたいとき、「ほいきた」と親が車で送ってあげると、子どもは自分の足で歩くこともなく、どの道を行こうかと考えることもなく、座っているだけで目的地に着いてしまう。つまり、行きたいところに自力で行くという、せっかくの自力達成体験の機会を奪っているのだ。

当時、息子はレンタルビデオ屋さんに行きたがることがあったので、思い立って「今日は、歩いていくよ」と、2人で歩くことにした。大志は、いやがることもなく、ついてきた。片道4キロ弱、45分くらいかかったが、遠足にはちょうどいい距離かも。

その後も天気がよければ歩くようにした。ただ、ひとりで勝手に家を出て行くような成長段階のときは、これをやると行動範囲が広がって子どもを捜すのが大変になる可能性があるので、まだお勧めできない。

で、自力で移動するということを考えたとき、大人になったらもっと遠くまで行くよなぁ、そのとき車？　仮に免許取れたとしても、ひとりで運転させられるか？　なら、バスに乗れるようにしておくことも必要だな。

ということで、市営バスの無料乗車券ももらってあるので、これを使わない手はない。

かくして、次の段階として、ビデオ屋さんに行くとき、バスの練習をすることにした。帰りは、ちょうどいいバスがなければ歩くと。

時刻表の見方、バスが来たら行き先を見ること、乗るときは整理券を取る、降車ボタンを押す、運転手さんに無料乗車券を見せる……と、何度か練習させた。

19 バスにひとりで乗車

バスの乗り方を何度か練習させたら、ひとりで乗るための卒業検定。私のアドバイスなしで全部できたら合格。合格したら次はひとりで乗せてみる、という流れ。

そして、できそうなのを確認したので、「今日は、ひとりで乗るよ。お父さんは、降りるバス停で待ってるからね」。

で、車で先回りして、ドキドキしながら待ったが、どうやらちゃんと降りてきた。「よーし、ひとりでちゃんと降りられたねぇ！」と思い切り頭をなでた。

バスの練習は中学校の先生もやってくださった。ちょうど、中学校の横にバスターミナルがあったので、バスの練習がしやすい環境でもあった。

また、あるとき、大志が降車ボタンを押さなかったことがあり、降りるバス停を通り過ぎてしまったこともあるが、あえて何も言わず、次のバス停で降りて歩いて戻ったこともある。これで、乗り越したときの対処も経験できた。

こうして、中学生のときに、青森駅から家まで帰る練習もして、駅から家までひとりで帰れるようになった。駅前はバス停がたくさんあるが、3番のバス停から乗ることを覚えた。

そして、高等部では、放課後にママ友のところで週2回、2時間程度お仕事体験させてもらうために、そこまでバスで行く練習もして、ひとりで行けるようにした。このときから「困ったときは連絡しなさい」と携帯を持たせた。

さらに、高等部2年生のとき、現場実習で行くクリーニング屋さんが、偶然にも放課後に通っているところと同じバス停だったので、ひとりでバスで行かせた。

ところが、なんと実習初日、先生がバス停で待っていたのに、大志が降りてこなかったとのこと。先生がどうしようかと考える間もなく、次のバス停で降りた大志が走って戻ってきたそうだ。

乗り越しの経験をさせたかいがあったかも。乗り越しは失敗ではなく、別の手順を踏んだというだけのこと。

失敗も成功も、将来のためのステップに過ぎない。

20　バスの乗り換え練習

さて、ひとりでバスに乗れるようになった大志だが、ここまではバス1本で行けるところばかり。目的地によっては、乗り換えが必要になる。

ある時、大志が青森県立美術館の「○○展」が見たいと言った。おぉ、じゃあ、バスの乗り換えをやろう。ということで、JR青森駅前で挑戦することに。

乗り換えのバスまでちょっと時間があったので、駅ビルの本屋さんで時間つぶしをした。それを特別教えたわけではないが、後日、娘を迎えに行った際、待ち時間に行方不明になった大志がひとりで絵本を買ってきたことがあった。青森駅での待ち時間は本屋さん、という行動パターンは大志に刻まれていた。

でも、美術館には頻繁に通うわけじゃないので、その後に活かせなかった。

そして、高等部3年生のときの実習が、ちょっと遠くの印刷屋さんになった。バス1本だと行けないから乗り換えないといけない。今度こそ乗り換え練習のチャンス！

ということで、土日に数回、国道での乗り換えを練習し、ひとりでもやらせた。乗り換えのバス停に先回りし、降りてくるのを隠れて確認した。

ただ、実習に通う平日と土日のダイヤが少し違っているという不安があったので、本番はここだけ注意してね、と。

本番で、ママが心配して車でバスを追尾。乗り換えはうまくいったのだが、目的地のバス停でまたも乗り越し。でも、そのときもひとりで歩いて戻り、印刷屋さんにたどりついた。

さらに、数日は順調だったが、国道はいろんなバスが来るから、しっかり行き先を確認するようにと言ったのに、ぼーっとしたのか、乗り換えのバスをやり過ごしてしまったこともあった。

そのときは、かなりの距離を走って追いかけたらしいが、追いつけるはずもなく、おそらく同じ行き先の次のバスに乗ったんだと思う。

自閉症の子どもに、ひとりで何かをやらせようとするといろんなトラブルが発生するのを覚悟しなければならないが、それらすべての経験が大志の成長の肥やしになっているのは、間違いない。

21 お仕事とられてたまるか！

バスの乗り換えの次は、新幹線の練習の話を書こうと思っていたが、養護学校卒業後のことになるので、ちょっと後まわしにしたい。

ところで、私がバスの練習にこだわったのは、今にして思えば、「この子は練習すればできます」というところを見せたい、という気持ちがあったと思う。

養護学校の実習のたびに「あれもできない、これもできない」と言われても、そこで先生とけんかするのではなく、「この子は練習すればできます」というのをやって見せることで、一般就労への望みをつなげたかったのである。

お手伝いも、掃除、洗濯など調理以外はひととおりできるし、タイヤ交換だってできる。

ちなみに、タイヤ交換は、ネジがしっかり締まっているか私が確認している。さすがに全部任せきりだと、怖くて車に乗れないので。

そして、お手伝いはいつもやる気満々で、ゲーム中でも「お仕事しますか？」ときけば、いつも「やります！」「きたきたぁ！」と立ち上がる。

あるとき、なかなか動かない大志に「お風呂掃除、お父さんがやっちゃうぞぉ」と言ったら、「お仕事とられてたまるかぁ！」と走ってきた。

最近では、「土日は雪かきだよ」と言うと「やったー！」と喜ぶ。

大志にとって、お手伝い、お仕事は、活躍の場面になったのだと思っている。

これだけやる気のある子に、「大志くんは就職できません」なんて言えるわけがないし、会社でも使い道はあるはず。

ちなみに、「お手伝いができるからって就職は……」と躊躇していたママも、中学校3年の秋に、大志がタイヤ交換をやるのを目の当たりにして、決心したようだった。

障害者就業・生活支援センター（ナカポツさん）という機関に、高等部1年生のときに就職の相談に行ったが、登録できるのは卒業後とのことだった。卒業してからじゃあ、卒業までに就職を決められないじゃないか。

22 障害者就職面接会に向けて

養護学校の現場実習でも、福祉も入っての就労支援会議でも、光が見えないまま卒業が近づいてきた。

大志が高3の12月、就労支援会議に来てくださっていた支援者のIさんが、障害者就業・生活支援センター（ナカポツさん）に頼みこんで、卒業前の登録を認めてもらえた。

そして、2月に障害者就職面接会という県内の会社の障害者雇用のための面接会があり、ナカポツさんから書類をいただいた。求人票を出している会社のリストには、事務補助や清掃、ファストフードなど24社の名前があったが、面接を受けられるのは3社までということで、大志ができそうな仕事を探す。

青森市内でないとダメ。電話応対はダメ。運転免許が必要なのもダメ。データ入力ならできると、2社選んだ。ママが「介護もいいかも」というので、3社目に高齢者施設を選んだ。

ママは時々大志に爪を切らせたり、ヒザの悪いばあちゃんが歩くとき補助させたりしていた。でも、仕事としてはどうかなぁと思ったが、ママに反論するとあとが怖い。それに、大志のようにユニークで予測できない行動をする若者がいると、高齢者の刺激になるかもしれない。

ということで、3社の面接を申し込んだ。3社ともバス1本で行けるところにあるので、通勤は楽勝。

面接にはナカポツさんが付き添ってくれるとのことだったが、大志は相変わらずまともな受け答えができないので、「保護者からのお願い」というタイトルをつけて、大志を説明する添え状を作った。

この子はこういう仕事ができます、家でもやる気満々でお手伝いします、やってみせればいろいろできます、ただ面接は苦手なので実際に仕事をやらせてみてください……というような内容である。

さらに、パソコンが使えることをアピールしようと、大志には名刺も作らせた。

できることはなんでもやって、大志を売り込まないと。

23 感動の履歴書

就職面接と言えば履歴書を作らないといけない。

大志は、パソコン操作は得意なので、履歴書もワープロ打ちさせようと思ったら、「高校生は手書きの方がいいとハローワークから言われた」と、学校から。

しょうがない、一度ワープロ打ちさせてから手書きさせよう。

で、住所、名前、学歴などはいいけど、問題は「志望動機」。大志に「大志くんは何ができますか？」「仕事したい気持ちを書いて」と打たせて、おかしいところは直させる。

そしてできた下書きをナカポツさんに見てもらったら、「こういうことで会社に貢献したい」というように書きなさいということで、書き直し。ママと2人で、うんうんうなりながら文章を考えた。

さあ、いよいよ、手書きによる清書。

ボールペンで書かせるので、「間違えたら一から書き直しになるよ」。1日1枚で、3日で書かせることにした。

大志は、ゆっくりと慎重に書き進め、ときどき、ふぅーっとため息をつく。大事な書類だということは意識しているのだ。

ところが、ちょっと目を離したら、また最初から書いている。横に書き損じがあった。結局、

1枚書くのに2時間かかった。

翌日は、鉛筆で書き始めた。いったん鉛筆書きしてからボールペンでなぞろうと自分で考えたのだ。

ところが、なぞり終わったものを見たら文章がおかしい。言葉がひとつ抜けていたので、書き直し。あちゃあー、「明日にしよ」。

結局、3日の予定が4日になったが、毎日2時間。

普段は、アニメのセリフなどを口走りながら、あるいはパソコンで動画を見ながらゲタゲタ笑っている大志なので、書類を最後まで書きあげられるか心配だった。なので、大志がこんなにがんばれるとは思ってもいなかった。

自分のために必要なこととして、目的を理解しているからこそできるのだろう。

たかが履歴書を書くだけなのだが、感動してしまった。

24　障害者就職面接会当日

障害者就職面接会当日、会場は面接を受ける人たちと面接する社員さんたちの熱気がむんむん。

大志みたいに会話もまともにできなさそうな受験者はいないような感じで、少しだけ「場違いだったかな」と感じたが、ひるんではいけない。なにごともチャレンジしないことには始まらない。

会社ごとに面接の順番が決まっていて、高齢者施設は2番目と早かったが、データ入力の仕事は人数が多くて、ずっとあとの方だった。

さて、高齢者施設の面接になった。ところが、立ち会ってくれるはずのナカポツさんは、別の方の面接に立ち会い中。

……ならば、私が行くしかない。

大志の横に座り「よろしくお願いします」。大志は、自分が作った名刺を渡す。

まず、添え状を読んでもらい、私から、家のお手伝いをやる気満々でやること、通勤もＯＫであることなどの話をやりとりしていたが、本人にもしゃべらせないと。

「大志くん、お仕事したい話して」。

………

「わたしは、お仕事をしたいのです○△×……」。

これはいかん、フォローしないと。

「このとおり話は苦手なんですが、仕事はやります。やって見せればちゃんとできます」。

しかしながら、運転免許があったほうがいいこと（持ってません）、高齢者の話し相手になれること（コミュニケーション苦手です）などで、その場で不合格。

残る2社は、大志の得意なデータ入力の仕事だが、どっちも1人の募集に20人以上が受けていて倍率高すぎ。1時間以上待って、やっと大志の番号が表示された。

「データ入力は得意なんですね？」と聞かれ「アビリンピックのワープロで優秀賞もらいました」と堂々と言ったのはいいけど、またまた本人を忘れていた。

横を見ると、上体をゆらしながら鼻に指を突っ込んでいた。「こら！」と、肩をたたいて話させたが、またもよくわからない話。

わぁー、マイナスポイント。

25　面接で見えてきたこと

面接では、ついつい私がしゃべりすぎて、本人は上体ゆらしていて、まともな受け答えもできず、この子ほんとに仕事できるの？　という印象を免れなかった。

「面接ではこうですが仕事はできるので、実習させてみてもらえないでしょうか？」と提案したり、実は事前に電話して障害者雇用の受入態勢や考え方について聞いていて、初めてでよくわからないと言った会社には、障害者雇用のお勧め本の資料を提供したりした。

3社のうち1社はその場で不合格になり、2社は後日通知することになった。

面接会場のホテルから帰る車中で、ママが「大志くん、ゆれてたねー。あれじゃ、ダメかも」。「ギクッ！」と大志。

「お父さんがしゃべりすぎなんだよねー」。すると「ボクの出番とるなー！」と大志が私にからんできた。

ごめ〜ん！　確かに出しゃばりすぎだった。

その1週間後、2社から不採用の通知をいただいた。まあ、あの面接ではやむをえない。

後日、障害者就労の支援者さんにこの面接の話をしたら、即座に「お父さんが付き添った時点でアウトですね」と言われた。

……それは重々承知のうえです。

でも、今回のチャレンジで見えてきたものがある。

大志のようなコミュニケーションが苦手な子が面接で受かるのはほとんど不可能である。だから、私もフォローするつもりで懸命に訴えたのだ。

面接での受け答えができないとなれば、やはり就職はムリなのか？

……いいや、実際に仕事をするところを見てもらえばよい。っていうかそれしかない。

つまり、養護学校が行う現場実習というのはそういう意味だったのだ。

そして、見えてきたことのもう一つは、企業が障害者に求める職種が一覧でわかること。養護学校が一般就労を目指すなら、これらに対応できるカリキュラムを組めばいいはず。

……ということがわかったときには、もう卒業だった。

26 現場実習の意味

養護学校の高等部には、年2回程度の現場実習があるのだが、A養護の場合、ほとんどの生徒の実習先が福祉施設だったようだ。

うちは一般就労希望なので、先生は苦労しながらも、大志の実習を受け入れてくれる企業を探してくださった。

で、面接を受けたことでわかったのは、この現場実習の意味だ。これを理解するために、ある企業を紹介したい。

日本理化学工業㈱という、チョークを作る会社だ。なんと従業員のうち、知的障害のある人が7割を占めているという。この会社の大山泰弘会長が『働く幸せ』という本を書いているが、初めて障害者を雇用したきっかけが興味深い。

養護学校の先生から「どうか、この子らに働く体験をさせてください。卒業して施設に行ったら、一生働くことを知らずにこの世を終わってしまうことになる」と何度も頼み込まれて、2週間だけ引き受けたのだそうだ。

実習が終わったら「さよなら」のつもりでいたら、従業員たちが「こんなに一生懸命やってくれるんだから雇ってあげてください。私たちがめんどうをみます」と申し出たそうで、それならと雇ったのが始まりだとか。

1960年のことなので、おそらく養護学校の現場実習の始まりだろうと思われる。

実際に仕事するところを見てもらうチャンスを作る戦略が必要で、いきなり「障害のある子を雇ってください」というと企業側も抵抗が強くなるが、「学校のカリキュラムとして仕事体験させてください」というのは企業側にとってもハードルが低くなる。チャンスさえ作れば、あとは仕事できるところを見てもらえばよい。

実際、障害児の母親が、現場実習後に内定もらった、もらえなかったと書いているブログもあり、他県では既に就職前提で実習を行っているところもあるようだ。

福祉就労希望であっても、企業での仕事を体験する貴重なチャンスである。あわよくば道が開けることもあるかもしれない。

27 「働く幸せ」

前回、『働く幸せ』という本を引用したので、この本についてもう少し紹介したい。

日本理化学工業㈱は、最初に知的障害のある女性2人を採用したのだが、採用を決めた著者の大山泰弘さんは、仕事で失敗すれば叱られることもあるし、満員電車に乗って毎日仕事しに来るのはなぜだろう、という疑問を持つ。施設にいれば苦労もなく楽しく暮らせるはずなのに、「そんなことするなら施設に行かせるよ」と言うと泣いていやがるのはなぜか、と。

その話をあるお寺のご住職さんに話したところ、「人間の究極の幸せは、人に愛されること、人にほめられること、人の役にたつこと、人から必要とされること。障害者の方たちが、施設で保護されるより、企業で働きたいと願うのは、社会で必要とされて、本当の幸せを求める人間の証なのです」と答えたそうだ。それ以来、大山さんは障害者雇用に積極的になった。

そうして、次々と障害者を採用し、障害があっても作業ができるようにさまざまな工夫をして、従業員の7割が障害者である工場を経営することになったという。

私も、大志が「お仕事とられてたまるかぁ！」と走ってくるのは、この気持ちを持ったこと、「働く幸せ」を感じるようになったことによるものだと確信した。言葉にすることはないが、自分は人の役に立つ存在であり、必要とされていると。

であればこそ、まわりから何を言われても就職をあきらめるわけにはいかない。

しかしながら、養護学校高等部の3年なんてあっという間である。学校が設定した以外にも実習の機会は設けてきたものの、時間だけが過ぎて展望が開けなかった。

まあ、卒業してすぐに就職しなければならないわけではないから、こうなったら、じっくりとやっていくか。

とはいえ、「学校の実習として受け入れていただけませんか？」というのは通用しなくなる。

どうしようか。

28 卒業して在宅に

結局、卒業まで就職希望を譲らなかったので、在宅になった。在宅というのは、就職でもなく施設に通うでもなく、一般的には避けたい状態。

この年の県内特別支援学校の卒業生のうち、就職希望者は53人で、就職できたのは52人だそうだ。あとの1人は？　……うちの息子です。

大志の学校まで来てくださっていた支援者の中に五所川原の方がいて、その方の施設にお世話になることも念頭に、青森からバスを乗り換えて五所川原まで行けるように練習もしたのだが、そこも断られてしまった。

さて、どうするか。

「無給でいいから、この子を働かせてください」とたのみに行って、障害のある子どもを雇ってもらった話もあるので、マネしてみようか。ちなみに、たのんだお母さんは「私も働きます」と言って、障害者を指導する立場で採用になったそうだ。

それとも、毎日、ナカポツさんの事務所の掃除をしに通わせて、しっかり掃除できるところを見てもらいつつチャンスを待つとか。

……と思案しているところに、八戸の支援者Mさんから「グループホームの空きがあるから、八戸でやってみませんか?」と声をかけていただいた。

八戸まで毎日通うのはムリなので、親元から離れた生活となる。そうしてグループホームから就労支援施設に通う。自閉症支援については、最も信頼できる方からの話だったので、願ってもないことである。

まずは就職ということで、それまで親元から離すことはまったく考えていなかったが、ママと相談の上で、やるだけやってみようと決めた。

八戸なら私の実家もあって行きやすいし、ダメだったら次の手を考えればよい。

実は一度、Mさんの紹介で、在学中に同じ福祉法人の入所施設で4泊5日の宿泊実習をさせてもらっていたので、本人も少しはイメージできると思われる。

チャンスは生かすべし。

29　親元を離れる

「八戸でやってみませんか?」と声をかけていただいたものの、いきなり「今日からここで寝泊まりするんだよ」と言っても、大志が納得できるはずがない。

社会福祉法人H会のそのグループホームには、知的障害のある方が5人いて、世話人さんと呼ばれるスタッフが1人いるが、ホームにいるのは朝食の前後と夕食の前後のみ。夜中にトラブルがあっても、面倒をみる人がいない態勢になっている。

そういう状況で、大志が大声を出したり、それによって隣室の方とトラブルを起こさないとも限らない。

そこで、まずはグループホームの生活体験をさせて様子をみることとなった。1回目は月曜日から金曜日までの5日間、2回目は土日をはさんで10日間。土日は青森の自宅に帰る。

本人には「宿泊実習だよ」と伝えた。「実習」と言えば、仕事体験ということで、本人は乗ってくる。

在学中の5日間は入所施設に宿泊したが、今回は、宿泊場所がグループホームになって、就労支援施設まで徒歩30分で通うことになる、と理解させた。

で、やってみたら、相性の悪い利用者さんが1人いたことや、独り言が出ることなどはあったが、どうやら心配するほどのことはなさそうだということで、9月から正式に入居することになった。

「9月からずっと、ここで就職のための訓練をすることになりますが、いいですか?」「がんばります」。

ということで、本人も了解……したかに見えたのだが……。

ダマしたつもりはないが、「イヤだ」と言われても困るので、十分納得できる説明ではなかったかも知れない。

いざ、ホームの生活が始まると、次々と文句を言い立てることになる。

ちなみに、大志が入居する前に、相性が悪かった利用者さんは、別のホームに転居したそうで、もしかすると、その方にはちょっと悪いことしたかな？

30　新生活スタート

八戸のグループホームでの生活が始まった。

グループホームは古い一軒家で、大家さんは新しい家を別に建てたので、その家を提供してくれたのだとのこと。

生活の拠点とするということで、ベッドやタンス、カーテン、小さなテーブルなどを買いそろえた。テレビは、本人は「いりません」と言ったが、毎日この部屋で過ごすことを考えると

「退屈するよ」。

　毎日の生活を考えるとパソコンも必要だが、アビリンピックに初めて参加したときに大志専用のを買ってあげていたので、それを持っていけばいいだけ。ただ、ネットにつなげないので、モバイルルータをつけてあげた。ただし、月間7ギガまでの制限がある。

　ということで、新生活がスタートしたが、青森の家と違って不便が多く、次から次へと文句が出る。「BSが見れない！」「パソコンが遅くなった！」「マンションじゃねえし！」……。

　マンションが出てきたのは、大学生の姉がマンション暮らししていたので。

　さらには、食事のとき利用者6人がテーブルにつくが、食堂のテレビのチャンネルに文句をつけてトラブって世話人さんをてこずらせ、注意すると反発して乱暴なことばを連発。

　世話人さんは若い男性で、「こんな乱暴な言葉づかいをしていたら、知らない人には殴られるかもしれませんよ。だから、直させないと」。……そういう接し方をすると、この子は暴れるんですよね……。


　が、やがて、「ボクは職たまだ。仕事の修業をしているんだ」と、忍たま乱太郎の忍術学園になぞらえて自分の状況をとらえるようになると、落ち着いてきた。大志はアニメでものを考える。

　ただ、「2年後の9月に卒業だ！」と勝手に期限を切ったりもした。

「そうだね。2年で就職できるようにがんばろうね」。

青森の家での生活に戻りたい、という思いがひしひしと伝わってきて、2年経ったとき何を言い出すかと心配したが、どうやら受け入れてくれたようで、何も言わなかった。ホッ。

31 八戸からの帰宅練習

月曜日から金曜日までは八戸のグループホームで生活し、土日は青森の自宅に帰ってくる生活が始まった。

はじめは、ママが月曜日の朝早く車で送り、金曜日の夕方迎えに行っていた。

当時は、土日勤務の振替休日が月2回程度あったので私も送迎したが、でも、毎週八戸まで車で2往復なんて、そんな生活をいつまでも続けていけるわけがない。

そこで、自力で新幹線で帰れるようにしようと思いたった。それまでバスや電車にひとりで乗る練習を積み重ねてきており、バスの乗り換えもできていたので、練習すればできるようになると思えた。

そこで、振替休日を利用して、迎えに行くときはママと車で行き、帰りは大志の交通機関利用の練習を始めた。

とはいえ、今回は、八戸市営バスから八戸線、新幹線、奥羽線、青森市営バスと4回も乗り換えがあるので、ひとりだと乗り間違い等が発生する可能性も高い。まあ、やってみてダメならそれはそのときのこと。

乗り換えが多いので、いきなりフルコースだと覚えにくいと思い、新幹線から始めることにした。八戸駅から乗って、新青森駅で奥羽線に乗り換えて青森駅まで来れば、市営バスに乗るのはすでにクリアできている。旅程表を作り、乗り換えごとにママに携帯で電話する携帯マークも入れておく。それを見ながら、電光板で行き先やホームの番号などを確認することも教えて一緒に乗った。

2回目は、本八戸駅で電車に乗るところから。そして、3回目はグループホームからのフルコース。4回目は「お父さんを案内してください」。つまりアドバイスなし。5回目は最初のバスだけひとりで乗せ、本八戸駅で降りるのを確認して、そこから同行した。

どうやらいけそうだ。


でも、ママは「まだ心配」。

じゃあ、次は、ママを青森まで案内するという設定にしよう。

ひとり帰宅の卒業検定。

32 ひとり帰宅の卒業検定

八戸から青森まで新幹線で帰る練習を5回やってきて、6回目。

ママがまだ心配で放せないということで、「今日は、ママを青森の家まで案内してください」。

大志は「はいっ！」と自信に満ちた返事。

じゃあ、お父さんは車で帰るからね。

ところが。

車を走らせて30分くらい経ったところで、ママから電話。

「大志において行かれちゃった」。

なにぃ!?


本八戸駅で、ひとりで乗る練習のため切符2枚ではなく、大志とママそれぞれ1枚ずつ買ったのだが、先に切符を買った大志がとっとと改札をくぐり、ちょうどホームに停車していた電車に乗ってしまった。ママが追いかけたが、目の前で電車が行ってしまったという。

調べてみると、予定していたのはその次の電車で、八戸駅で合流できることがわかった。

ホッとひと安心。

……だが待てよ。これはチャンスじゃないか。「八戸駅で追いつけるけど、そのままひとりで行けるか様子見ていって」。

こうして、ママ付き添いの卒業検定の設定が急遽本番の見守りとなり、大志は単独で青森まで帰ることに成功。ママもそれを見届けて自分を安心させることとなったのであった。

これで、青森行きはクリア。次の週から大志単独で帰ってくることとなった。

八戸での生活が落ち着いてきたのもこのころだったように思う。それまでは、月、火は乱暴になりがちで、木、金と休みが近づくとテンションがあがって安定してくると。

「青森に帰りたいからそうなるので、土日も家に帰らないで慣れたほうがいいのではないか」とも言われていたが、落ち着いてきた。

単に慣れたのかもしれないが、ひょっとすると自力で家に帰れるようになったからかも。

それまでは不本意に八戸に置かれた気持ちもあったのが、自力で帰れるのに金曜日まで帰ろうとしないのは、八戸にいることを自分で選んだということだから。

33 失敗は成長のもと

八戸から青森まで、ひとりで帰ってくるようになって、何度かは順調だったが、案の定、八戸で5分前の別のバスに乗ってしまい、途中で降りて「間違えたんだ」と電話してきた。降りたバス停を確認して、「次のバスに乗れば大丈夫だよ」。

まあ、これくらいは想定内かな。

さて、次は八戸に行く練習。

でも、青森に来るのは、終点、終点だったので、乗り越しの心配はなかった。八戸に行くのは、乗り越すと東京まで行っちゃう可能性もある。しかも、月曜日の朝六時頃家を出るので、眠ってしまう可能性もある。

くれぐれも八戸駅を通過しないようにとそこを強調しつつ、今度も5回ほど練習した上で、ひとりで新青森駅の改札を出発させた。朝早くて、路線バスの始発では間に合わないので新青森までは車。

一応これで、往復できるようになったのだが。

ある日、「どこにいるかわからないんだ」と電話。聞いてみると、どうやら八戸市営バスの終点まで行ってしまったらしい。周囲の状況がわからないので、「あっちだよ」では伝えられない。グループホームの近所にスーパーがあるので、「スーパー〇〇はどっちですか？って誰かに聞いてごらん」と言うと、大志は直ちに「スーパー〇〇はどっちですかあ！」と大声で叫んだ。

すると、「あっち行ってこっち行って……」という声がした。誰かが教えてくれているらしい。そして「わかったぞ！」、ブツッと電話を切りやがった。

まあ、歩いていける距離だから大丈夫でしょ。


またある日は、「電車が来ないんだ！」。様子がわからないので、「駅員さんに携帯渡して」と言い、駅員さんから状況を聞いて、40分後に来る電車は予定通りということで、「それまでゲームしてな」と安心させたことも。

こうして、幾多のトラブルをクリアして、最後はなんとかなるという経験を積んだところ、あわてた電話はこなくなった。

そして、なんとかなるのを経験したのは親も同じである。

34 自立支援とは

大志は、交通機関利用でさまざま失敗をやらかしてくれたが、一度解消法を経験すると、同じ失敗をしたときは、「バスを乗り越したので、歩いて戻りまーす」と電話してくるようになった。

大志をひとりで移動させ、携帯電話だけでトラブルを解決することを繰り返すことが、大志の成長にもつながった。

ひとつ気づいたのは、失敗をクリアする経験をさせたくても、失敗を課題として設定するのは難しいということ。そして、ひとりで何かすると失敗はつきものだが、それを経験させることができたということ。


そして、もうひとつ気づいたことがある。

それは、これこそ自立支援だということ。

親に限らず大人が障害のある子と一緒にいると、ついついやってあげてしまうことが多くなる。それが、物理的に離れた状態になると、本人も助けてくれる人がいないので、誰かについていけばいいとか、誰かがなんとかしてくれる状態ではないことを意識せざるを得ない。どうすればいいか困っても、せいぜい携帯のアドバイスだけで自分でなんとかしなければならない。

つまり、携帯のアドバイスは「支援」であり、そばにいてやってあげてしまうのは「介助」。「自立支援」はあっても「自立介助」はない。

もっと大事なことは、親の側もやってあげたくても、手を出せないことだ。あくまでも携帯一本でなんとかするしかない。

それまでは、「支援」も「介助」も同じような意味でしか考えていなかったが、明確に違うと気づいた。

また、バスの乗り方についても、単にバスに一緒に乗るだけだと「次、降りるよ」と言ってしまうだろう。しかし、いずれひとりでバス等に乗ることが目的だと、付き添っていてもひとりでできるかどうかを見守ることになる。

場合によっては、乗り越したあと、どう対処するかまで見守ることで、子どもの問題解決力がわかるかもしれない。

これこそ自立支援。

35 新幹線で叱られた

ひとりで新幹線で帰ってくるようになってまもなく、帰ってきた直後に「叱られたんだ」と大志が言ったことがある。

いつものことながら、何があったか聞き出そうとしても要領を得ず、新幹線の中で独り言がうるさがられたか、ゲームかなんかで音を出したか定かではないが、そういうことをとがめられたということのようだった。

そのときのことはそういうことだったのだろうと思うが、実は、大志は、自分の発言や行動を人がどう思うか、自分が言ったことで何が起きるか、といったようなことをイメージすることが苦手である。自閉症であるがゆえの特性である。

例えば、赤ちゃんの泣き声に過敏に反応して、「泣かしたのはダレだぁ！」と、その赤ちゃんのお母さんにも聞こえるように言ったり。あるときは、道ばたにゴミをポイ捨てしたのを目撃して、「ゴミを捨てたなぁ！」と言ってみたり。またあるときは、雪解けの季節に庭の雪を歩道に落としているところを通りかかって、「雪を捨てるなよ！　歩けないじゃないか！」と言ったこともある。その都度、私は頭を下げてきた。

でも、大志ひとりの場面ではフォローできないので、人とのトラブルもありえないことではなかった。

世話人さんに言われた「知らない人には殴られるかもしれませんよ」という心配は確かにあった。

けれども、仮に警察沙汰になろうと、いずれ親がいない人生が待っているのである。親が生きているうちだからこそ、その後処理もできるし、ひとりで行動する経験もさせられる。

幸いにも、今までのところ、警察沙汰にはなっていない。

ちなみに、「叱られたんだ」と言って以来、「新幹線で何か言われませんでしたか？」と聞くと、「おとなしくしてました」と答えている。

親が「静かにするんだよ」と言うよりも、本人がうるさくするとどうなるかを実体験したほうが、ルールを学べるようだ。

36　ママの入院

大志が青森―八戸をひとりで往復するようになってまもなく、ママが入院した。

入院した日の夕方病院に行くと、点滴や酸素などのチューブをつけて横になっていた。病院食を口にすると嘔吐してしまった。

入院の1か月半ほど前から、胃が痛い、食事を受け付けない、尿が出ない、変なせき……と続けざまに症状が現れて、あちこちの病院に行っていたのだが、この日、すぐに県立病院に行きなさいと言われて、診察を受けたところ直ちに入院することとなったのである。

入院の翌々日、末期のスキルス胃がんと告げられた。私は、瞬間的に「大志の就職をママの生きる希望にしよう」と思った。

できれば、大志が就職した姿を見せたい。必要なら、自分の仕事を辞めてでも。

そのときは、余命まで聞かなかったのだが、その数日後、ママが自ら「余命はどれくらいですか?」と尋ね、医師は口ごもりながら「放置すれば1か月」。

なんと！　いくらなんでも1か月じゃ、大志の就職はムリだ……。

ちなみに、スキルス胃がんというのは、表面にはポリープなどが現れないため発見しにくく、しかも進行が早いタチの悪いがんだそうである。

そして、それからは毎週金曜日の夕方、大志が青森駅に着くとそのまま県立病院に連れて行くようになった。

大志は「いつ退院するのかなぁ」「お医者さんが治せるだろ！」とつぶやくが、病室に行くとちょうど「忍たま乱太郎」が入る時間だったので、毎回ベッドに備え付けのテレビを見ていた。

ある日、看護師さんが様子を見に来たとき、器具をカチャンと落としたとたん、「静かにしろよ！　聞こえないじゃないか！」と大声を出したので、冷や汗ものだったが、彼女はクスクス笑いながら去っていった。

もう20歳になって図体のでかい男の子が、忍たま見ながら怒ったら、笑えますよね。

37　「自分のことは自分で」

ママのがんは、すでに転移しており、手術も放射線も意味がないと言われた。

そして、一縷の望みをかけた抗がん剤治療が始まり、数日すると、相変わらずチューブだらけだが体調がよくなったとのことで、「できることは自分でやる」と言いだした。

「看護師さんがやってくれてたけど、カーテンの開け閉めとか、吸入の装置を片付けるとか、洗濯も病院のコインランドリーで自分でやるから今日から洗濯物、持って帰らなくていいよ」。

この話を横で聞いた大志が「自分のことは自分で！」と言ったので、私もママも大爆笑。

それは、病人に言う言葉じゃないんだけどね。でも、ママが言い続けてきた「自分のことは自分で」が、しっかり根づいていることはわかった。

ママは、「大志の言うとおりだ。私も、大志みたいにがんばらないと」と、両手を前に伸ばして、握ったり開いたり。すると、大志が「１００回！」と言うので、またも爆笑。

当時大志は、中学校時代からやるようになった腕立てや腹筋、握力等々を毎日やっていたので、ママもやれ、と。

そして、食事を口に入れても吐き戻すことが多くて、ほとんど食べられなかったママが、「たい焼き買ってきて」とリクエストしてきたので、びっくりだった。

しかし、2回目の抗がん剤以降、ママの体調は一進一退。本人は「家に帰りたい」と言うが、チューブをたくさんつけていて、家では看護も介護もたいへんそう。

3回目の抗がん剤を始めたときは、看護師さんに「抗がん剤やってるのに、こんなに楽でいいのかしら」と笑っていたそうなのだが、その日の午後、急に体調が悪くなり、抗がん剤も途中で中止。独力では上体を起こすのもつらい様子となり、立って歩くこともできなくなってしまった。

これは一時的なものだと信じたい……。

38 ママの退院

ママの体調はよくならない。ほとんど食事を摂れず、ぐったりと横になっていることが多くなった。

読んでいたがんの本に、「がん患者の3分の2は餓死」というのがあった。

何か食べさせないとたいへんだ！

これならどうだと、バニラアイスをなめさせたら少し元気になり、車いすで売店まで行ったりもした。

しかし、その後も本人はどんどん弱気になっていく。「早く楽になりたい……」「このまま逝っちゃうんだ……」。

さらには、顔も土気色になってきた。

このままでは病室の真っ白い壁の中でよくないことばかり考える時間を過ごすことになる、と思った私は、もはや「家に帰る」ことを生きる希望にするしかないと思った。

主治医と在宅医療をやることを確認すると、病院の方で必要な医療機器やヘルパー、訪問医療の医師、訪問看護師等を手配してくれて、３日後には退院できることになった。

そのことをママに伝えた翌朝病院に行くと、病室にいた看護師さんが「今日は調子いいですよ！」と明るく迎えてくれた。

ママは上体を起こしていた。顔の血色がよくなりつやが戻っていた。そればかりか、「オレンジかメロン食べたい」と。

奇跡が起きた！

やはり、相当なストレスだったに違いない。そして、「家に帰る」という当面を生きる希望ができたからなのだろう。

そして、介護タクシーで家に帰ってくると、ママに笑顔が戻った。少しは食欲も出てきて、そうめんやりんごを「おいしい」と言って食べた。

やっぱり病院や施設にいるのとわが家では、気持ちがちがいますよね。

ママが退院した翌日、大志が八戸から帰ってきて、「笑うと（免疫力があがって）少しはよくなるんだってよ」と教えたら、ママのベッドの横で、お笑いネタをいくつか披露してくれた。ママも大笑いしていた。

これでしばらくは、家族で笑いながら過ごせるはずだったのだが……。

39　ママの宿題

ママが退院した日から数えて4日目の夕方、容態が悪化した。

パソコンで遊んでいた大志を呼びに行った。一度は枕元に来たものの、いつの間にかまたパソコンに戻っていた。何が起きているのか理解できなかったのかもしれない。

そして、ついにママの呼吸が止まった。娘が「おかあさ〜ん！」と泣き叫ぶ。それまでは、ママが亡くなることをイメージするまいとしていた私も、ついに受け入れざるを得ず、涙を止められなかった。

大志を再度呼ぶ。「ママは天国に行っちゃったよ」。

大志はママのベッドに走り寄り、迷わず唇にチューをした。

意外な行動に驚いたが、現実は、白雪姫のようにはいかない。

それから数日、「いつ生き返るのかなぁ」とか「いつ天国から帰るのかなぁ」というようなことをつぶやいていたが、不安定になることはなくいつもと変わらず、独り言を言いながらパソコンやゲームで遊んでいた。

「お葬式はきらいなんだ」と、葬儀には参加したがらなかったが、「おかあさんの葬式だから、大志くんも出なさい」と言うと、素直に従った。大志にとっては、葬儀は退屈でしょうがない時間なのだ。

それまで、法事なども何度か経験させていたのでお焼香などもできるし、当日はそれほどおかしな行動はしなかったと思っているが、遺族席で両手をグーパーしたりしたらしい。病院で、ママに100回やれと言ったことを思い出していたのかもしれない。

葬儀の数日後、ママの携帯を見たら、亡くなった2日後の日付で大志のメールが入っていた。内容は、それまでと変わらないアニメの話題だった。

しばらくは私も、ぽっかりと穴の開いたような気持ちってこういうことか、というのを味わっていたが、ママと私の共通の目標だった大志の就職は、ママが残した宿題となった。

２人で話し合って、場合によっては方針を変えるということができなくなった以上、もはやあきらめるという選択肢はなくなった。

40 就職に向けて

大志は八戸で、施設での作業のほか、リサイクルの会社やしいたけ農場などで、さまざま実習をさせてもらっていたが、なかなか就職には結びつかなかった。

また、「これを仕事にしたい」という職種に出会えればいいなと思っていたが、「今までやった作業で、どれを仕事にしたいですか」と尋ねると、大志は「何でもやります」と答えるのだった。

ママが入院したあとは、実習の話が聞こえてこなくなっていたが、こっちもそれどころではなく、亡くなるまでの約3か月は動きがなかった。

施設側のほうも、家庭の状況の変化によって、大志が青森に帰る可能性もあると思ったかもしれない。確かに、そうなれば八戸での就職を進めるわけにいかない。

しかし、私のほうは迷いはなかった。せっかく親から独立した生活の場を手に入れ、成長を見せているのであるから、就職も八戸でよい。

ということで、その翌年3月に住宅会社で事務仕事の実習を手配していただいた。しかし、ここも実習だけ。ただ、そのときは社長さんから「外国人を雇う前に、日本のこういう方を雇ったほうがいいのかな」というコメントがあったそうで、障害者就労のための地域開拓に少しは大志が貢献できたかもしれない、と思った。

その後、「あとは実習のあてがない」とのことで、しばらく間があった。

既に、〝就労継続支援B型〟から〝就労移行支援〟に切り替えて2年目。就労移行支援は、障害者を一般就労させるための福祉サービスだが、2年以内に実現しなさいということになっていて、しかも一生に一度しか使えない。

ただ、施設に落ちる福祉のお金は高くなるので、施設によっては就労させるつもりがなくても、2年だけこの制度を利用させるというところもあるらしい。

大志が通う施設はそうではないと信じつつも、切り替えのときに「2年やってダメだったら、B型に戻ればいいから」と言われたのが気にかかる……。

41 就職が決まりかけたのに……

住宅会社の実習のあと数か月実習がなく、就労移行支援サービスの2年目がどんどん過ぎていく……。

という中で、大志が通う施設と同じ法人の入所施設の厨房の業者から、「人手不足のため、障害者でも働けそうな方がいれば雇いたい」という話があったそうで、大志が候補にあがった。

そして、まずはその厨房で実習して、なんとかいけそうだというところまできた。

さらに、その会社の社員の方と雇用に向けた打合せということで、私も八戸まで出向いた。

大志本人も「働きたいです」ということで、あとは事務的に進めるところまで来たように思っていたのだが……。

一方で、就労移行支援サービスの期限が切れるので、まあ雇用契約はそこまで見えているからと、例外的に認められる1年延長に入った。

ところが、会社側に障害者雇用による補助金の制度があり、これを受けるにはハローワークを通す必要があるということで、そうすると、改めて実習をやるところからという話になり、なかなか進展しなくなった。

さらに数か月が過ぎ、あげくその厨房の会社は施設から撤退することになったという知らせ。かなりの人手不足らしい。

なんと、予定していた職場そのものがなくなってしまった。

そうこうするうちに、3年目も終わりが近づいてくる。もはやB型の定員がいっぱいで施設にはいられなくなると言われているし、どうするか。

八戸での取り組みがダメだったら、青森に引き上げて実習先を探そうか。それとも東京方面で障害者雇用の実績のある会社に売り込みに行くか？　でも、東京だと生活の場をどうするか？


支援者さんから「大志くんの進路の希望について変更はありませんか？」と聞かれたが、「私が死ぬまで変わりません」。

だって、これは、ママが遺した宿題でもあるんだから。

42 就職実現！

就労移行支援サービスの3年目の終わりが近づいてきた、2016年12月。

私は、M養護学校PTAの集まりで、「私は息子の就職をあきらめません。あきらめたら、親である私が息子の可能性をつぶすことになると思ってますから」という趣旨の話をさせていただいた。

そのまま1泊して帰宅した日の夕方、1本の電話が。サポートセンターのSさんから。

N食品という株式会社の面接を受けることになったこと、採用になれば病院の厨房の仕事をすることになること、などの連絡であった。面接にはSさんと施設の大志の担当支援者さんが立ち会うとのことである。

これが最後のチャンスになるのかな？　今度こそうまくいきますように。

……にしても、いきなり面接？　実習もなし？

まあ、厨房の仕事なら、すでに何度も実習しているし、とにかく次の動きを待ちましょう。

ちなみに、ネットで検索すると、N食品は障害者雇用を既にやっていて、法定雇用率も達成している会社であった。それなら可能性はあるかも。

明けて1月、面接の当日。私自身は立ち会わないので様子がわからず、落ち着かなくてそわそわしていたが、夕方、連絡があった。

大志はかなり緊張していて、ちぐはぐな答えもあったが、がんばって受け答えしていたとのこと。そして、即決はしなかったが、感触は悪くないとのこと。

1週間後に、採用の連絡が入った。ただし、1日4時間のパート社員であるが。

そして、事前の実習など準備を進めるとのこと。

やったぁ！　と喜びたいところだが、一度流れた前歴があるので、まだ喜ばない。

2月になって、「3月からの雇用に決まりました」と連絡があった。どうやら、今度こそ喜んでもよさそうだ。

大志が養護学校を卒業してから、苦節まる5年。

43　初任者研修

実は、M養護学校PTAに話す機会は12月と2月の2回頼まれていて、雇用が3月からに決まったと連絡があったのは、その2回目の前日であった。

なので、「前回は、息子の就職をあきらめません、というところで終わりましたが、実はその後就職が決まりました」という報告をする場になった。なんとも絶妙なタイミング。

成功するためにはあきらめないこと、あきらめなければ夢はかなうというのを、実感した思いであった。パート社員ではあるが、これで、ママが遺した宿題も一応はクリアできた。

さて、社員になる初日。

その日は盛岡支店で初任者研修があるとのことで、私が付き添うことになった。八戸のグループホームまで大志を迎えに行き、せっかくの機会だから職場となる病院にも「明日からお世話になります」と、挨拶に寄った。社員さんが2人、ニコニコと相手してくださっていたので、受け入れ態勢はだいじょうぶそうだなと思った。

横で大志がなにやら1人でつぶやいていたので、「こう見えても、やって見せれば仕事はできますから、よろしくお願いします」。

さて、盛岡の支店のビルには、ちょうど間に合って着いたのだが、駐車場に手間取って、3分ほど遅刻してしまった。担当の社員さんがエレベーターの前で待っててくれたので、「遅れて申し訳ありません」と謝ったら、「父さん、ボクのセリフとるなよ!」と大志に叱られた。

研修は、会社の理念、概要やルールなどの説明で、4時間。大志がじっとしているには長すぎるかなと思ったが、それなりにちゃんと座っていられた。

創業者を紹介する映画があり、これが終わったとき大志が「いい仕事してますなぁ」と言ったので、冷や汗ものだったが、講師の方が吹き出しながら「ありがとうございます」と応じてくれて助かった。

……さあ、いよいよ明日からほんとうの仕事だよ。

44 初月給

大志がN食品で仕事していくうえでは、支援者の方々が事前にどんな仕事をするのか下見して確認し、さらに大志本人にも実習させた上で本番を迎えたが、初めは2週間ほど、毎日ジョブコーチ役でそれまでの担当支援者さんが、大志の仕事に立ち会ってくださった。

大志の仕事は、ニンジンやダイコンの皮むき、ダンボールで納入された野菜を袋に小分けにする作業、洗い物の食器を洗浄機に入れる、殺菌機に移す、箸とスプーンの手洗いなどだが、支援者さんはこれらがスムーズに集中してできるように支援するのである。

で、様子を報告してくださっていたが、なんと2日目には独り言を言い始めて、翌週には鼻歌が出てきたとのこと。早くも緊張感がない様子。

で、気になる従業員さんの反応だが、大志の独り言に笑ってくれたり、一緒に歌いながら作業をしていたとのこと。

とがめられてないのならまあいいか、と思っていたら、そのうち、歌が出ると手が止まるようになってきたそうで、「仕事中は歌いません」というルールができてしまった。

そのほか、細かい修正点はその後もいくつか出てきたが、概ね軌道に乗ったようではあった。

そして迎えた初月給後の最初の土曜日。わが家で、チラシに反応して「ピザだ！」と。「ピザ食べたいの？」「ボクがごちそうします！」とのことで、大志にピザをごちそうになった。

さらに、「支援者さんたちにも、ボクの給料で買いましたって、チョコレートでも買っていったら？」とアドバイスしたところ、5個買って月曜日に持っていった。なにしろお世話になった方は多いので、5個でも正直足りない。

大志が「ボクの給料で買いました」と付せんをつけてチョコレートを渡したところ、私に電話をくださった支援者さんが「もったいなくて食べられない！」とおっしゃった。

そんなこと言わずに、頑張って次々就職させて、どんどんチョコレートもらってくださいな。

45　子どもをあきらめない

就職した大志は、家のお手伝いもますます積極的になって、焼き肉パーティでは、自分で皮をむいたり切ったりして焼き野菜を用意し、焼き肉奉行をかってでた。

また、ニュースでゴールデンウイークの話題が出たとき、「ゴールデンウイークは、ボクは仕事だ！」って。カッコイー！

障害者であっても仕事をしているうちに成長すると書いていた本があったが、ほんとうだと思った。

やってもやらなくてもいい仕事をしていたのでは、責任もなく、人の役に立っているわけでもなく、ありがとうを言われるわけでもなく、必要とされるわけでもない。本当の仕事をしないと、それらは得られない。

学校でも施設でも、「ありがとう。君たちのおかげで助かったよ」と言えるような作業をさせたら、障害のある子どもたちももっと成長できると思う。もちろん、家のお手伝いでも。

就職してからひと月経った4月。社長から新入社員全員にあてた手紙を大志が持ち帰った。「勤めてよかったと思って頂けるよう、会社としてサポートいたします」と書いてあり、困った事があったときの相談窓口の連絡先も書かれていた。

連絡先の中に東京本社の社長のメールアドレスもあり、よほどの苦情は直訴してもいいということなんだろうと思ったのだが、せっかくだからとお礼のメールを送信させていただいた。「自閉症の息子を雇ってくださって、大変ありがとうございます。息子に成長の機会を与えてくださったことに感謝します」と。

大志の就職を、親の私があきらめていたら、こうはならなかっただろうなぁと思いつつ。

◇◇◇

この連載の原稿を書いた当初は、ここで終わる予定であった。

このあとは、支援者さんたちや職場のチーフを始め従業員の方々の努力もあって、いろいろあってもなんとか、大志が職場で過ごせていると思っていた。

ところが実は、この連載の掲載が始まる直前に、異変があったので、もう少しだけおつき合いいただきたい。

46 いまでも自閉症

ここまで、就職に焦点を絞ってきたので、自閉症の特性による大志の扱いにくい部分の記述は少なかったが、けして自閉症が治ったわけではない。

養護学校時代の乱暴な言動は、卒業後もなくなったわけではなかった。

グループホームで浴室の扉を壊したり、就労支援施設で液晶テレビを壊したこともあった。場合によっては、大志のお小遣いで弁償させる形をとった。

偶発的な要素はあったが、世話人さんの目に大志のこぶしが当たってしまったこともあった。

大志への接し方を誤るとトラブルを起こすことがある。

家でも、２階の窓から扇風機を放り投げて壊したことがあったし、また、ばあちゃんが「年だから字が見えない」等、年だからできない話をすると、「見えるだろ！」と、頭をたたいてしまったこともあった。

寝坊した娘（大志の姉）を起こそうとして、乱暴に何かしたらしく、自らの左腕を骨折したこともあった（３か月ほど欠勤になった）。娘とのトラブルはこれ以外にもさまざまある。


一方で、頭の中は常にアニメが動いているらしく、アニメキャラクターの名前を言いながら、延々と独り言をつぶやく。お風呂に、ウルトラマンと仮面ライダー、あるいはお気に入りのミニカーを持って入る。

人に「〇〇は知ってる？」とアニメの話をして、「知らない」と答えると「知ってろよ！」と言葉が荒くなることもある。そのへんがまた扱いの難しいところ。


だけど、お手伝いなどは「これはこうやるんだよ」と教えると、そのとおりにやる。最近では、家では何も言わなくても、新聞しばり、廊下掃除、お風呂掃除等どんどんやっている。季節になると、「タイヤ交換はいつ？」と催促してくる。

教えればできるので、八戸から青森までひとりで往復できるようにもなったのだ。

とはいえ、大志は、実は職場でもトラブルを起こしてしまったのである。

47 出勤停止！

大志が就職してからまる1年経ったころ、職場のチーフから「自分から仕事求めてくるので、前より作業量は多くなった。時折、指示に対して乱暴な言葉になることがあるがその程度で、それほど問題になるようなことはない」とのコメントをいただいた。

それなら、もうだいじょうぶだろう。……と思っていたのだが。

就職して2年目の7月のある日、大志のトラブルの電話があった。大志にキャベツを棚に入れる作業をさせたところ、棚がいっぱいになったのに、さらにムリやり押し込もうとしたのでとがめたら、暴言を吐いたと。大志の暴れスイッチが入ってしまったらしい。

即座に出勤停止で施設職員が迎えに行き、グループホームで待機しているとのことだった。

別の支援者さんの話では、従業員のKさんとトラブルがあったあと、キャベツに怒りをぶつけたということのようだった。Kさんとは前々から相性がよくなかったので、なるべく接点がないようにシフトを組むのに苦労していたという話もあった。

そのときは、大志も「ごめんなさい」と反省しているようだということで、翌日からまた出勤した。


それからひと月半後の8月下旬。ついにKさんとケンカになりそうになり、取り押さえたうえで、再度出勤停止に。今度は、大志の職場を変えるので、異動先が決まるまで、とのことである。

大志は「出勤停止は退屈なんだよなぁ」「早くお仕事したい」とつぶやく。暴れると仕事できないのは大志にとっても、有効なお仕置きになったと思う。

そして、1週間、2週間……。社員さんや支援者さんたちが大志の扱いを検討しているんだろう。もしかしてクビもありか？　と、ビクビクしていた。


3週間後にやっと決まったのは、大志のグループホームを運営する福祉法人の入所施設の厨房。つまり、前に決まりかけて、何度も実習した場所である。

雇用継続に尽力してくださった方々には感謝しかない。

今度こそたのむぞ！　大志！

48 働いてぼくは生きる

障害者入所施設の厨房に異動になってから約1年、今のところトラブルは聞こえてきてはいない。

「10連休はどうしますか？」と尋ねると「仕事します！」と迷いのない大志。

いまの職場のチーフからは「毎日楽しそうに仕事してますよ」とのことだったので、今度こそきっとだいじょうぶ。

私がこの連載で書きたかったのは、自閉症や障害があっても、子どもには可能性がある、ということだ。子どもの可能性をつぶさないようにしたい。

「この子は障害があるからできない」と考える人は少なくないと思うが、ほんとにそうだろうか。その思い込みで、子どもの可能性をつぶしていることはないだろうか。「障害があってもできることはできる」はずだ。

大志の就職はママの宿題でもあったが、続く自閉症の子どもたちのためにも、実現させたいという思いはあった。

けして、親の思いを押しつけようとしたのではない。大志本人が「もう仕事はイヤだ」と諦めればそれまでだった。しかし、チャレンジしなければ、本人の「諦める」という選択もない。

養護学校の卒業前後に、大志は仕事がテーマの替え歌をさかんに作っていた。歌っただけのものは残ってないが、例えば。

♪仕事のために　生まれて
働いて　ぼくは生きるのか
答えられないなんて　……そんなのはイヤだ！
今を　生きることで
熱い　心燃える　～～

私はその大志の思いを応援してきただけである。

そしていま、毎日楽しそうに仕事している。

この先は……　大志次第かな？

最後に、サポートセンターMさんをはじめ、大志の就職と職場定着に取り組んでくださった支援者のみなさま、そして大志と共に働いてくださっている職場のみなさま、さらには生活を支えてくださっているみなさまに感謝いたします。

この長い連載を掲載してくださった新聞社と読者のみなさまにも感謝して、筆をおきます。

あとがき

大志が就職したあと、地元の自閉症児の親の会の勉強会で、先輩として話す機会が2回ありました。いただいたテーマは「成人期の視点」。

何を話したかというと、成人期になったから「成人期の視点」じゃなくて、「成人期の視点」を持っていまの子育てをすることが大切なんですよ、というようなことです。あるいは、「自立支援」というのは、本人がやろうとすることを支援するんであって、やってあげることとは全くちがいますよ、というようなこと。

だから、大人になって仕事するんであれば、家のお手伝いくらいできないと、と思って大志にお手伝いをさせてきたこと。中学校時代にやる気満々になってきたのは、お手伝いをするたびに「ありがとう」を言い続けてきたことによるものだろうと思ったこと。

そして、大人になったときに移動するためには、ひとりで路線バスに乗れるようになっていたほうがいいだろうということで、バスに乗る練習をさせ、のちにバス、電車、新幹線の乗り換えもひとりで乗れるように練習したこと。何度も乗り越し、乗り間違いがあったが、親は手を出せない。携帯のアドバイスだけで本人が自力でカバーするのを経験して、これこそ自立支援だと思ったこと。

そういうお話をしました。この本の要点ですね。

大志が小学校に上がる頃、いいタイミングで『光とともに』（戸部けいこ）という自閉症児のマンガが出ました。自閉症の光くんの卒園式で、言葉が出ない光くんに代わってママが「ぼくは、大きくなったら明るく元気に働く大人になります」と言う場面に、「そうだ、そうだ」と手を打ちました。

「明るく元気に働く大人」。これも「成人期の視点」ですね。そして大志は、まさに「明るく元気に働く大人」になりました。

また、『ありのままの子育て』（明石洋子）という本で、大志より21歳上の自閉症の明石徹之くんが就職した実例（しかもなんと公務員！）を知り、大志の将来についても希望が持てました。

他人の子どものことをとやかく言うつもりはありませんし、就職といってもパート社員になったくらいで大きなことも言えませんが、「特別支援学校卒業したら、施設に入れてもらえばいいから」なんて、子どもが小さいうちから言わないでほしいなぁと思っています。どんな子どもも可能性を持っていて、必ず成長していきます。いま目の前のその子のまま大人になるわけではないはずです。

初めから夢や目標を小さくしていたら、それ以上のものは手に入らないでしょう。もしかすると、子どもの可能性をせばめているのは、身近な大人かもしれません。

……あぁ、そういう意味では、「大志」というのはいい名前だと、いま気がつきました。（笑）

この本を手にとってくださった読者のみなさまの多くは、なんらかの形で自閉症の方に接している方々ではないでしょうか。みなさまが、親として、教師として、支援者として関わっている自閉症の子どもたちが、きっとその子らしい人生を送れるようになるだろうと信じています。

大志の生活と仕事、すなわち人生を支えてくださっているみなさんに改めて感謝するとともに、この本をお買い求めくださったみなさんにも感謝いたします。

JASRAC 出 2007869-001